———— 阅读之前 没有真相

午 夜 文 库

替身

[日]西泽保彦 著
金静和 译

新 星 出 版 社　NEW STAR PRESS

序

　　会被卷进这么棘手的麻烦事，说到底都是操子的错……在那一瞬间，盛田清作愤恨地想着。

*

　　八月十七日，晚上十一点四十五分。再过十五分钟就是新的一天。和往常一样，盛田怀着沉重的心情踏上了昏暗的归途。
　　从沿着列车铁路的大道走出，穿过第二条小巷，进入单向路，便是他家公寓的所在地洞口町。在路灯的照射之下，一眼便能看到洞口儿童公园。
　　去年刚贷款买下没多久的公寓"洞口之友"就在与那个儿童公园隔了一条马路的斜对面，走路都用不了一分钟，可以说是近在咫尺。
　　前方左侧就是"洞口之友"的正面玄关，然而盛田却没有向那边去，而是原地右转，走进儿童公园，在灌木丛边的长椅上坐下，点上了一根烟。他缓缓地吐出烟雾，好让心情平静下来。等到离午夜十二点还有几分钟，也就是马上就要成为"彻夜不归者"的时刻，他便会站起来，快步溜进自己居住的"洞口之友"公寓三〇三号室。

最近这已经完全成了盛田的固定习惯。只要不是休息日，不对，有时甚至连休息日他也要履行这一套近乎仪式的程序，否则就不会回家。

就算提早下班，他也会先随便做些什么来打发时间，再在凌晨十二点之前来到儿童公园。只要没有刮台风之类的，哪怕天气不太好，他也不会动摇这一每日习惯，哪怕撑着伞也要站在那里抽烟，可见他的坚持程度。

以一句话来总结原因，就是轻度的——不，应该说已经是重度的了——回家恐惧症。他不想见到妻子。

盛田与妻子操子是职场恋爱，交往一年之后结了婚。之后操子辞去工作，成了全职主妇。两人还没有孩子，照现在的样子看来，搞不好一辈子都不会有了。

结婚之后，两人一开始在临近市郊外的出租公寓住了两年。发现这栋新建成的商品公寓"洞口之友"的广告的是操子。这里最大的魅力就在于位置很好，可以步行到达盛田的公司。

然而对盛田来说，能感到人生开始走向好运的时刻也只有一瞬。买下公寓之后，操子发生了变化，不知为何，开始对丈夫的吸烟行为苛刻了起来。

结婚的时候，操子确实对盛田提出过希望他尽量戒烟的要求，似乎并不是因为担心丈夫的健康或是二手烟对自己的影响，而只是单纯地讨厌烟雾和味道。但盛田没有能够完全戒烟的自信，便老实地对操子表明了自己的想法。最终两人达成妥协方案，约定盛田要尽量减少吸烟数量。

实际上在最初的两年里，盛田尽量去阳台上抽烟，而操子也没有过多抱怨。然而一搬到新公寓,操子就不收分说地宣布,在包括阳台在内的家里任何角落都禁止吸烟。

起初盛田并没太当真,但当他意识到妻子对此事十分严肃之后,不由得感到有些不快。"在阳台抽应该没关系吧?"他要求妻子让步,却被对方严词拒绝。

"好不容易才买下的全新的房子,绝对不能染上烟臭味。"她执意要求,"这跟在哪里抽烟没有关系,哪怕家里有一个人吸烟,卖房的时候就需要把壁纸全都换了重贴,这难道不是常识吗?"

光是知道刚开始搬进新家的操子已经开始想着转卖的事就够扫兴的了,再加上妻子的态度实在过于盛气凌人,没有一点大人的样子,盛田不由得火了起来,最终两人大吵了一架。盛田忍不住打了操子一巴掌。从两人交往开始,这是他第一次对操子动手。

操子陷入了沉默。当然盛田的本意就是想让她闭嘴,看着她的眼睛,盛田感到一阵强烈的后悔。他意识到自己犯下了一个无法挽回的错误。

果然自从那天起,不管丈夫说什么做什么,操子都不回一句话。那是今年一月的事了。

明知道没有用,盛田还是道了歉,但对方却始终毫无反应。而且,虽然两人已经决裂,操子却没有要求夫妇分房睡,也没有怠慢家事。能够在保持行动与平时无异的同时对丈夫完全无视,这就是操子的恐怖之处。不管丈夫是安抚还是怒吼、哭求,甚至下跪,她都冷冰冰地保持着面无表情。在盛田家,这种冷战已经持续了半年以上。

这样一来,不就只有离婚一条路可走了吗……盛田开始频频感到绝望。然而,事情并没有这么简单。毕竟买房的首付款是操子的父母垫付的,这首先就是一个障碍。

该怎么办呢？难道只能等时间来融化两人之间的冰山吗？不管怎么思考，最终的结论也只有这一个。

基于以上原因，盛田只好减少与妻子见面的时间，哪怕一分一秒也好，否则精神上实在是难以负荷。

如此这般，盛田便养成了跑到原本不用去的地方抽根烟再回家，这个令人开口就想掉泪的习惯。这全都要怪操子。盛田实在忍不住咒骂一句。

更可恨的是，这天晚上操子居然不在家。然而，盛田知道这件事是在很久以后了。

操子这天为了出席同学的结婚典礼，待丈夫上班之后就坐飞机去了东京，晚上住在了举行婚礼的酒店。第二天又和朋友们悠闲地在东京逛了逛，才坐最后一班飞机回家。

关于这个行程，操子事先一句也没有对盛田提过。鉴于她一直保持沉默，两人之间的冷战状态持续至今，从某种意义上来说不打招呼也是理所当然的。当盛田在第二天早上看见自家冰箱上用磁铁贴着的便条时，为时已晚。

先在公司待到时间差不多的时候，再跑到儿童公园抽口烟——那天晚上，盛田完全没有履行这个每日仪式的必要。如果选择立刻回家，自己一个人在晚上悠闲地喝口小酒该多好。

在对此毫不知情的情况下，八月十七日夜里十一点四十五分，盛田像往常一样走进了洞口儿童公园。

突然他望向"洞口之友"。三〇三号室的窗户一片漆黑。操子已经睡了，不过她平常都会开一盏小夜灯，今天这样还真是少见。完全没有想过妻子不在家的可能性的盛田开始在口袋中摸索打火机，就在这时……

传来了一个声音。

起初盛田并不认为那是人类的声音，因为听上去就像是鸡或其他生物被掐住脖子时发出的怪声。

在终于意识到那似乎是一个女人发出的"住手""不要"的哀鸣声时，盛田的脑海变得一片空白。

"住手啊，住……"

嘶哑的悲鸣声划破黑夜。

"不、不会吧？喂……"就在他抽烟时坐着的长椅旁边的灌木丛中，有个恐怖的剪影"沙沙、沙沙"地晃动，偶尔还能感受到从地面传来的"咚咚"的冲击。

就装作没看见，赶紧逃吧……防御本能发出了这样的警告，然而盛田却犹豫不决地走近了灌木丛。也许是那时还不知道妻子不在家的盛田那搞错了重点的潜意识起了作用，让他觉得与其回到令他如坐针毡的家，还不如留在这里。

他悄悄地从灌木丛后面偷看去，不出所料，看到了激烈扭打的一幕。

一个黑影正跨坐在一个拼命挣扎反抗的女子身上。仅凭路灯的光线难以辨清，但似乎黑影是一个年轻男子。

那男子一边"呼哧呼哧"地喘着粗气，一边把女子的手脚死死地按在地上。不知是想堵住她的嘴，还是想掐她的脖子，总之那名男子不停地尝试用手按住那名女子，却每次都被挡开。

"可恶！"男子焦躁地骂了一句，举起右手。路灯发出的光像闪电般反射了一下，盛田这才意识到那个男人手里拿着刀。他挥舞着一把刀刃很长的、状似三德刀①的凶器。在意识到这点之后，盛田吓得脚都软了。怎……

怎么办？不，什么怎么办，得、得去救她，得做点什么，不然的话她可能会被杀，得做点什么，做点什么……虽然他心里无比焦急，身体却无法动弹。为什么？

为什么我非要卷进这种麻烦事？会遇到这种事，对，都是因为操子，是操子的错，都是操子不好。要是我直接回家，就不会遇到这种事了。要是她营造出让丈夫可以毫无心理障碍地回家的气氛，我就不会遇到这种，这种、这种、这种……

他不知道自己在荒唐、屈辱和恐怖的心理中原地站了多久。事实上只过了不过数秒，但盛田主观觉得似乎过了数个小时，不，仿佛将永远地持续下去。就在这时……

被按倒的女性突然停止了挣扎，随后趁着那个男人大概是认为她终于放弃了抵抗而放松警惕之时，突然扬起膝盖。

这一记直接命中男人的侧腹。随即她用尽了全身的力气，将一瞬间以仿佛要浮到空中的气势弹起的男人的身体反压了下来。

"扑通"一声，男人重重地倒在地上。

无视发出意义不明的骂声的男人，那名女性半爬着一跃而起，挥起手臂顺势猛跑，瞬间就跑出了儿童公园。

太、太好了。那名女性成功靠自己的力量逃脱，令盛田发自内心地松了口气，甚至想要感谢神明。太好了，真的太好了。而且，既然跑得那么快，估计也没受什么伤……嗯？

也许是因为镇定下来之后头脑开始运作的缘故，盛田觉得快要

---

①三德刀（Santoku Knife 或 Santokumesser），切割肉食、蔬菜、瓜果都能用的全能刀。

消失在漆黑的夜里的女性背影似乎在哪里见过。

将头发在脑后扎成一股的她穿着灰色运动服和黑色运动裤。盛田看向灌木丛旁的地面，发现那里还掉了一顶黑色的棒球帽。想象着她戴着那顶帽子的样子，盛田脑中的记忆碎片完美拼合在了一起——啊，是她啊，原来是那个女孩。

虽说如此，但盛田并不认识她，也不知道她的名字，为了方便才管她叫"那个女孩"。由于从未仔细端详过人家的长相，所以其实盛田也不知道对方的实际年龄。

只是在最近的一个月左右，盛田偶尔会看见她在这附近跑步的身影。虽然只能对容貌记起个大概，但应该的确是同一位女性。

遇到她是在长椅上抽烟的时间段，所以自然是深夜。回过头想想，女性在深夜独自跑步，确实有些不太小心。大概是因为这一带是清净的住宅区，所以才会大意地觉得与危险事件无缘吧。其实盛田自己在这半年多里也做梦都没有想过会在这一带遭遇犯罪事件，所以之前看到夜跑的姑娘也并不觉得有什么危险，从未为她担心过。

现在看来，搞不好我也该改改在回家之前先跑到这里抽口烟的习惯了。抢劫应该还不至于，但被醉汉或可疑人物缠上之类还是很有可能的。就在盛田心不在焉地想着时……

"咚！"

突然传来重物落地的冲击声，随后又传来一声含混不清的"呜"的呻吟。

不知道发生了什么的盛田回过头，发现是之前跨坐在女性身上的那个男人发出的。明明刚才已经翻过身来变成仰躺的姿势，但也许是想起身时倒了下来，现在他又趴在了地上。

他痛苦地抽搐着，艰难地抬起头。眼镜从鼻子上滑落下来，圆形的银色边框"唰"地一闪。

街灯的照射下浮现出一张意外稚嫩的面容,正痛苦地扭曲着。

怎……怎么了?

盛田意识到这个男人正不断试图把手伸进腹部和地面之间,却因抽搐而无法成功。从他的那个部位……缓缓溢出像水一样的液体,渐渐将地面染成了暗红色。

血?不会吧……盛田终于意识到男人正在流血。大概是摔倒时手里的刀捅进了自己的腹部下方。

看着仿佛把特大号水桶倒过来一般源源不断涌出的鲜血,盛田感到一阵眩晕,实在难以相信这是现实中发生的事,简直像是一场噩梦。

他全身动弹不得。对了……

对了……救护车。

警、警察。

位于公园一角的公共电话亭散发着泛白的光芒。终于从咒语中挣脱的盛田冲着电话亭撒腿跑了过去。脚下一绊,差点儿摔倒。

终于冲进了电话亭。这还是盛田第一次用这个电话。

在按下一一九时,与电话亭隔着一条马路的对面住宅的剪影突然映入盛田的眼帘。住宅的名牌上写着"名理"。

这个姓氏没怎么见过,该怎么读呢……在这种紧急事态下居然还能莫名悠闲地想着这种事,真是令人感到好笑又气恼。

RENDEZVOUS 1

"虽然发生了很多事，但怎么说呢，我已经看开了。嗯。"

说完，那个男生害羞地笑着，不断地点了好几下头。银框眼镜之下的双眼皮圆眼睛像女孩子一样，使他原本就略显稚嫩的容貌给人感觉更为年轻了。

"嗯，大概就是这样。"

由于大家在学校都"曾洋""曾洋"地叫他，导致祐辅虽然觉得这个姓氏很少见，却也以为他真的姓"曾洋"，没想到这其实是他从小学时就有的外号，真名是曾根崎洋。

去年曾洋刚进入国立安槻大学的时候，也曾经常与其他新生一起参加祐辅举办的酒会，但暑假过后就完全看不到他的影子了。等到过完年，别说是酒会，他连学校都不来了。

原因不知为何，只知道那个时候曾洋一直在学生公寓里闭门不出。朋友担心他患上抑郁症，便联系了他的家人，甚至还让家人来探望，可见事态确实十分严重。在班主任、心理辅导员和他父母的共同商讨之下，他于今年四月正式提交了休学申请。

他回老家住了一个月左右，然而可能是因为和父母同住有些拘束，又在五月回到了学校附近的公寓。关于曾洋，祐辅掌握的信息大概就是这些了。

八月十七日，暑假已过半。

回老家和去旅游的学生都陆陆续续回到了校园。这么说来，已经好久没有举办酒会了。仿佛看穿了祐辅的心思，一位学弟来找他搭话。"边见学长，今晚要不要大家一起热闹一下？"

"就是说嘛，当然好了。"祐辅想着，时隔许久重操旧业，在校园里兜兜转转，找看起来很闲的人搭话，并在老地方"三瓶"预订了位置。这次连曾洋也来了。

"哟，好久不见。最近过得怎么样？顺利吗？"

祐辅发问之后，对方的回答便是开头的那几句话。他还说道："再这么磨磨蹭蹭地消极下去也无济于事，倒不如就此把自己能做的全做了，好做个了结。"

在祐辅眼中，曾洋的表情十分开朗，不像是在强颜欢笑。说到底，如果他还没有恢复正常，应该也不会想来参加酒会。这样看来，复学也应该指日可待了。那时的祐辅还如此乐观地确信着。

"那真是太好了，太好了。来，喝，给我尽情地喝，大口大口地喝。"

在祐辅为曾洋的杯子里倒啤酒时，身后响起了一个男子的声音。"学长。"

"嗯？"回头一看，原来是狮子丸。这也是个外号，来人的真名叫石丸[①]尚之。

他就是那个向祐辅提议"今晚要不要大家一起热闹一下"的人，今晚酒会的发起者。

"哦！狮子丸。过得好不好啊？"

"别这么叫我啊。"

[①]日文中的"石丸（いしまる）"和"狮子丸（ししまる）"读音相似。"狮子丸"是藤子不二雄Ⓐ创作的漫画《忍者小精灵》里的角色，是一只伊贺流的忍者犬。

他拥有与年龄不符的禁欲风范，还拥有仿佛是"质朴刚健"一词完美体现的强壮躯体，而他那可怕的长相就像是一头即将怒吼的狮子，与他的外号再相衬不过。然而他本人的性格却意外地软弱，而且他是真的很讨厌这个外号。

"我只求您别再用那个外号叫我了。"

"搞什么搞什么？连酒杯都没拿？还是说你不想喝啤酒，想喝清酒啊？"

"不是，那个……"狮子丸突然变得一脸纠结，悄悄对祐辅咬起耳朵，"今天，那个，就是……那、那谁，不、不来吗？"

"不来？你问谁？"

"就是、那个、高、高，"他不知为何一脸窘迫，支支吾吾，"高、高濑小姐……"

"难道……你是问高千？"

"是哦，说起来还真是。喂，学长，高濑小姐到底是怎么回事啊？"突然插进了一个听起来醉得不轻的粗哑声音，"喂喂，高濑小姐到底是怎么回事啊？不只是今晚，最近都完全没看到她啊。"

是小池先生。其实小池先生也是个外号，原因是这位仁兄的外貌就像是漫画名作《小鬼Q太郎》中登场的那个随时随地都抱着碗吃拉面的谜之大叔"小池先生"3D化了一般。鸟窝般的自来卷、矮小的身材，以及一双无法判断在看哪里、在想些什么，犹如鱼糕的剖面图一般的眼睛，甚至连眼镜边框都与那个角色一模一样。不管怎么看，他都是小池先生本人，所以最后甚至没人在意他的真名到底是什么了。

小池先生提出的这个问题似乎也是其他人关心的话题，之前一直分散在各处、自顾自聊得热火朝天的小团体几乎同时安静了下来。

没有意识到大家都在侧耳倾听的小池先生继续喋喋不休地说了下去。

"不像是回老家了啊。更何况连小兔也不在。更令人震惊的是，连那个匠仔也不见了。对对，搞不好匠仔不在才是最令人吃惊的。到底是怎么回事？那个不管出什么事都绝不会缺席酒会的家伙竟然不在。"

"他在疗养啦。"祐辅把小池先生贴过来的大红脸嫌弃地推开，点上烟，慵懒地从鼻子里"呼"地吐了一口气，"疗养。"

"啊？疗养？你说谁啊？"

"匠仔啊，匠仔。"

"你是说，他生病了？"

"不是。那家伙也是人，偶尔也需要让肝脏休息一下啊。"

"我怎么觉得对匠仔来说，不让他喝酒才会对身体有害啊。那高濑小姐和小兔呢？"

"都说了在疗养啊，疗养。"

祐辅当然不打算在这个场合详细说明在那个关键的日子，七月二十八号，他们三人在白井教授家到底发生了什么事①。说到底，连祐辅自己也没有完全搞清楚，这也是一个原因。

嗯，总之"在疗养"这种说法倒也不完全是谎言，至少从精神层面来说。

"啊？三人一起？都在疗养？什么嘛，这算什么事啊？"

"你这家伙还真是，高千和小兔也是人，怎么能一年到头没完没了地喝酒呢？偶尔也要让她们休息一下肝脏啊。"

"真是搞不懂。莫非发生了什么事？"

---

①关于这个故事的详情，请见《依存》（新星出版社，二〇一五年六月出版）。

"你指什么事？"

"哎呀就是，嗯，我也说不好。比如，对了对了，像是电视里经常有的青春偶像剧那种，彼此产生了误会之类的。"

"啊？你到底在说些什么啊？"

"肯定是发生了什么事，让他们尴尬到无法来参加酒会。"

"他们仨之间？怎么可能啊。倒是你这家伙，可是连话都开始说不利索了。"

"真是的！真的什么都没有？"

"没，没有没有。什么都没有。不过说到底，我什么都不知道。估计他们过不了多久就会来参加酒会了。你要是真那么在意，就直接去问他们本人吧。"

"对了，说到发生了什么事，学长你是不是也产生了什么心境上的变化？"

"咦？这话怎么说？"

"哎呀，就是那个……"小池先生一边说着一边用双手捋了一下他那自来卷的鬓角，"头巾啊，红色的那条。明明是你的标志物，最近却没有戴，是不想戴了吗？"

"不，是不知道在哪里弄丢了。"

"真的？难道不是因为发生了什么事，想通过改变形象来转换一下心情吗？啊，原来是这样，我懂了。"

"你又懂什么了？"

"学长，你是被甩了吧？被高濑小姐。这次终于被甩了个彻底。"

"我还以为你要说什么呢。"祐辅冲着小池先生的脸"呼"地吹了一口烟，又"哼"地耸了耸肩，"我可不是吹，你可知道我至今为止被高千打击过几百次了？事到如今还有什么甩不甩的。"

"不过，真遗憾。"插话的是昵称为小南的女生，本名写作平假名的"阳南"①，"真的太遗憾了"。

"嗯？什么事，至于遗憾成那样？"

"我还期待着来边见学长组织的酒会，搞不好能见到那位高濑小姐呢。是不是？"

"嗯！嗯嗯嗯！"昵称为南子的日南子两眼放光地应和着，"就是说啊，真的好遗憾哦。我还想和高濑小姐聊天呢。"

顺便一提，据说日南子在上大学之前的昵称也一直是"小南"，后来和毕业于另一所高中的阳南认识并成为好朋友，两人几乎整天都黏在一起，使周围的人对如何区别二人的称呼十分头疼。鉴于总要有一人放弃"小南"这一昵称，大家便暂且把日南子叫作"南子"，但目前还没有最终确定，所以把她们俩统称为"双小南"的情况比较多。

"我说，你们两个。"祐辅叹息着把烟头按熄在烟灰缸里，夸张地张开了双臂，仿佛在说"来吧，快扑到我的怀里来"，"有什么可难过的，真是麻烦。看看，这儿不就有一个水灵灵的大好男人吗？"

"哎……可是……"

"我们才不要呢，是吧？学长的话，有点……"

"是啊，只想说'No, thank you'。"

"双小南"牵着彼此的手，笑得前仰后合。

"为什么啊？如此完美的我到底哪里'有点……'，又怎么'No, thank you'了？能不能详细地告诉我一下？"

---

①关于"双小南"的名字，这里借鉴了网友"死狼"翻译的版本。"阳南"的原文写作平假名"ひなた"，而下文中"日南子"的原文就写作汉字"日南子"，"双小南"的原文则为"ダブルひなちゃん"。

"哎呀就是——对吧？"

"非要说的话，学长你太邋遢了。看看你那头发，还有络腮胡。你说是不是？"

"好嘞，那我这就去理发店弄干净，再来诱惑你们。等看到变身后性感得令你们眩晕的我，再后悔我可不管。"

"不不，绝对不会。是吧？"

"嗯。要是被高濑小姐诱惑，我倒是会认真考虑一下。"

"啊啊，我也是我也是！我会立刻……改变性向……嘿。"

"我也要我也要！"小南尖叫着抱住了南子，似乎比看起来的还要醉一些，"要是被高濑小姐这样紧紧地抱着……啊啊！"

"哎呀，她想对我做什么事都行！"

"双小南"仿佛双胞胎一般，同时眼神迷醉、脸颊染上粉红色，开始神游太空。虽然大部分是酒席上的戏言，但似乎也不全是玩笑话。

"哈……简直是世界末日啊。"祐辅一边往男生们的酒杯里倒啤酒，一边叹了口气，"你们几个，就不能争气点吗？快去把她们俩拿下啊。"

"哎呀。"一边道谢一边举起酒杯的男生外号为早田队员[①]，他挠了挠头说道，"我可没有自信。和高濑小姐竞争，我还早了十年，十年哪。真的不行真的不行……"

给早田队员起这个外号的人正是祐辅。第一次与人家见面时，他坚称"嗯？仔细一看，你长得跟奥特曼里的那个角色一模一样哎"。被评价为长得像早田队员，他的心情似乎很复杂，不知是否该高兴。总之，最后参加酒会的其他学生也都渐渐开始这么叫他，这个外号

[①]《宇宙英雄奥特曼》中的主角，身份为科学特搜队日本支部队员。在剧中被称呼为"早田队员"或"早田"等，全名为早田进。

就彻底确定了下来。

"但是总觉得……真意外啊。"外号为尼采的男生停下了正往嘴里塞炸鸡的手,歪了歪头,"关于高濑小姐有那种兴趣的传言,我原来还以为完全是说笑,但似乎也不全是?"

顺便一提,他的真名叫赘川①。从他的名字读音出发,硬要以"这么说来,你真长了一张哲学家的脸"为由给人家取了"尼采"这个外号的人,不用说,还是祐辅。

"谁知道。她本人也没有否定,现在简直一提到她就会蹦出那个词来。"

"你的意思是,其实她不是同性恋?"

"谁知道呢。"

"学长你不知道吗?明明你们成天待在一起。"

"要是你那么想知道,下次见到她的时候直接问她本人不就行了。"

"那、那怎么行。"尼采发出有些卑微的失笑声,"那么可怕的事情,我可做不到。是吧,早田队员?"

"是啊,所以才会向学长打听嘛。等等,喂,你这家伙居然想趁乱蒙混过关,我又不是科学特搜队的。"

"真是的,一个个都是这副德行。"

"啊,原来是这样,我明白了。"发出与在场气氛略微不符的漫不经心的声音的是曾洋,"是三角关系啊,肯定是。"

"啊?你说什么?"

"小兔是指羽迫同学,对吧?大三的羽迫由起子。"

---

①日本中的"赘川(にえかわ)"和"尼采(ニーチェ)"发音相近。

"是啊。"

"匠仔就是匠同学，记得也是大三的吧？名字叫千晓，却是个男生。这两位我应该都见过。"

"嗯。他们俩一般都会来参加酒会，去年你应该见过。"

"是吗？果然，羽迫同学在和匠同学交往，对吧？"

"哈？"

刚要点上的香烟从祐辅的嘴里"唰"地掉了下来。他与同样一脸猝不及防的小池先生呆呆地对望了一眼。

"双小南"对他们两人毫不理会，反倒对早田队员和尼采十分有兴致。

只有狮子丸一人不知为何，用余光尴尬地瞟了曾洋一眼。

"不过，高濑同学对羽迫同学也是真心的，对吧？所以现在，高濑同学和匠同学形成她展开了三角斗争关系……"

半张着嘴的祐辅又与小池先生对望了一眼。

"第、第一次听说这种人物关系图啊。"

"怎么说呢，真是个、崭新的构想啊。"

"我连想都没有想过。"

"那三位今天没来，就是因为这个原因吧？因为他们三人之间的气氛变得有些紧张，所以才不想看到对方。"

"不、不是的。不是不是。"祐辅终于把烟捡起，点上了火，"曾洋啊，不用担心，不管怎样也不会是这个原因，绝对不会。"

"学长你说得肯定，但这种事可说不准哦。鉴于对高濑同学来说，这是一场得不到回报的禁忌之爱，处于劣势的肯定是她，所以搞不好她会因为想不开而对匠同学出手，酿成流血事件——"

"高千……对匠仔出手？"祐辅想象着假定加害者和假定被害者

连身高差都实在过于不平衡的戏剧性场面,忍不住笑了出来,"那、那种事,哇哈,哈哈哈,哇哈哈哈哈哈。"

"都说了这种事说不准了。高濑小姐平常不是很酷吗?越是那样的人,越容易在想不开时走极端。"

"要是真出了什么事,肯定没人比她更极端,这点我承认。但是曾洋,真的不会的,只有你说的那种情况是绝对不可能的。更何况还是什么高千和匠仔围绕着小兔的三角关系,那、那种……"一瞬间恢复了严肃表情的祐辅"噗"地吐出一个烟圈,又立刻捧着肚子大笑起来,"那种、那种像漫画一样的情节……还什么高千对小兔,哈哈,哇哈哈哈哈。"

"啊——学长真是的,你这样对她们二位不会有些失礼吗?"小南半开玩笑地鼓起了腮帮子,然而眼神里却没有多少笑意,"羽迫同学多可爱啊,对不对?她真的好可爱哦,我好想抱抱她。"

"嗯!嗯嗯嗯!被你这么一说,还真是。要是她和高濑小姐在一起了,很般配啊。"

"嗯,真的很不错。如果真是那样,我会为她们俩加油的。"

"我也是我也是,我是第二号支持者。"

"喂喂,不管你们说什么,我也不允许这种犯规行为。说到底,就算是三角关系,也应该是高千和小兔她们俩围绕着我展开对决嘛。这才是应有的情节啊。"

"呜哇——居然如此厚颜无耻。怎么样?大家怎么看?"

"小南,对学长就随便上手吧,我批准了。"

"好——啊!学长你这家伙!"

"啊好疼!不不不,这也是对受欢迎的男人的考验,你们几个也加油啊。"

"我们就免了吧,是不是,早田队员?"

"是的。等等,喂,我又不会变身。"

大家就这样边喝着酒边狂欢,眼看就快到晚上十一点了。

"好,接下来要去第二摊吗?地点是我家,好处是可以免费喝酒哦。请大家踊跃参加。"

为了确保能够容纳尽量多的参与者,热衷于聚会的祐辅虽然还是学生,却租了一幢独栋二层小楼。不过鉴于这幢房子已经旧到仿佛马上就要倒塌,所以租金便宜到近乎不要钱。

"啊,我得走了。"曾洋站起身,低下了头,"我有约……不,我好像得了夏季风寒,所以就先告辞了。"

"哦,下次见。"

"那么各位,"尼采从店员那里接过账单,"来付一下今天的账吧。"

传说中很擅长计算的他立刻算出了精确到一日元的每人应付金额,自然也就被任命为收钱的角色。他把自己那份放在桌子上,其他人也纷纷把纸钞和硬币放在了他面前。

曾洋也拿出了钱包。祐辅无意中朝他手上看了一眼,只见他正在搜集千元纸币和所有硬币。感觉付完平摊到每人头上的金额,他的钱包就要空了。

"要是手头紧张,就下次再给吧,我先帮你垫上。"

"不,那怎么行。"曾洋一脸无忧无虑地笑了笑,"我这个人的性格是这种事必须当天算清,不然就不舒服。"

"这样哦。"

"因为,人不知道什么时候就会死啊,必须得把该处理的事处理好。啊,学长。"他吐了吐舌头,害羞地笑了一下,"刚说完大话就提出这种要求,真是不好意思。能不能给我一两根烟?我的抽完了。"

"好嘞。"

祐辅把还剩五六根的烟盒豪爽地递给了他。

曾洋滑稽地做了个叩拜的姿势道谢。他走在最前面,其他人也都陆续站起身,走出了"三瓶"。

"我走啦。"背对着大家的曾洋仰望着夜空接连点了好几次头,手里拿着刚才那包烟,一个人迅速地离开了。

祐辅一边看着他的背影,一边歪了歪头……咦?

那家伙,不是住在学生公寓吗,却在往相反的方向走,而且他没有丝毫犹豫,急匆匆地朝着大路走去。看起来是接下来还有事要办啊。然而,在这个时间?看他脚步稳健,应该不是因为喝醉而辨不清方向。这到底是……

还有,刚才那是怎么回事?为什么他会像啄木鸟一样微微点头?看起来像是在打节奏,但他没戴耳机,并不是在听音乐。

大概是喝醉了打晃吧。让他一个人回去没关系吧?

"曾洋呢?"对正在担心地想着"要是他能顺利回家就好了"的祐辅发问的,是最后一个出店的狮子丸。

"回去了。他说不参加第二摊了。"

"是吗……啊,学长,小票怎么办?"

"没事,扔了就行。"

"那么我也……"把小票递给祐辅后,狮子丸一脸忠诚,甚至可以说是硬派地对每个人低头道别,"就此告辞了。"随即快速地向学生公寓方向走去。

看着手里的小票,祐辅歪了歪头,却说不清哪里不对劲。他没有多想,把纸片揣进了口袋。

原本作势要回去的早田队员和尼采在知道"双小南"会留下后,

也恬不知耻地跟到了祐辅的家里。

"怎么回事、怎么回事,你们俩?"祐辅嘲弄着两人,"不是说与高千竞争还早了十年吗?"

"不不不,不肖之才赘川也想努力精进是也。是吧,早田队员?"

"正是。鄙人也想借此良机,以求与小南和南子更加亲近。啊,喂!都说了我不是科学特搜队的了。"

到头来,没参加第二场聚会的就只有曾洋和狮子丸。

在祐辅家重新干了一次杯后,气氛又高涨了起来。六个人打牌打得兴高采烈,时间一眨眼就过去了。

"觉得有点饿了。"祐辅把冰块摇得哗哗响,啜饮了一口加冰的威士忌,"喂,匠仔,给我做点什么吃的……啊,对了。"使唤人的话刚说到一半,他就颓丧地垂下了头,"那家伙……不在啊。"

"总觉得,学长,有点……"小池先生一脸打趣的表情,"像是被糟糠之妻抛弃的没用的丈夫一样。"

"是吧。不对,喂!你这家伙,谁是糟糠之妻啊?谁又是没用的丈夫啊?不要说这种恶心的话。"

"这么看来,其实是围绕着匠仔发生了三角关系?咦?要是这样的话,和学长竞争的情敌该是谁呢?开玩笑的啦,哇哈哈哈哈。那种人是不可能存在的啦。"

"我来做点什么吃的吧。"笑着对正在痛殴小池先生的祐辅开口的是小南。她站起身,打开了冰箱。"让我看看。哎哟,这是怎么回事啊?全是啤酒。"

试图以打下手为借口接近小南的早田队员和尼采同时作势要站起身,却都慢了一步,被南子抢先。

"真的欸——"无视那两个跌坐回去的男生,南子也在冰箱中翻了起来，"啊你看，有冷冻乌冬，还有不少呢。"

"蔬菜呢？有大葱，还有圆白菜。哼哼，要是有肉就好了。不过这个要求可能太奢侈了。嗯，有肉馅？算了，这次用这个代替也行。好了，想吃炒乌冬面的人——"

包括正把小池先生的头夹在腋下的祐辅在内，四个男生全都"哦——"的一声举起了手。

"说起来，学长。"尼采突然降低了音量。可能是因为不太能喝兑水威士忌的缘故，到了祐辅家之后，他连第一杯里的酒都还没怎么喝。"关于刚才曾洋说的话……"

"你指哪句？"

"就是围绕羽迫同学的三角关系那件事。"

"都说了那种离谱的事根本不可能发生。要是男人们围绕着高千互相残杀的话还可以理解。那样的话光是三角可不够，得是十三角关系那种规模壮大的混战。"

"不，我不是说这个。你不觉得明明那话题很无聊，曾洋却格外来劲吗？就是从他的语气来看。"

"是吗、有吗？"

"我想了一下，他是在就着高濑小姐的话题借机讽刺吧？"

"讽刺？什么意思？"

"讽刺刚才回去的狮子丸啊。"

曾洋和狮子丸同是来自叶世森町的，据说两人在当地的县立高中曾是同学，再加上两人的母亲关系很好，两家人之间常有来往。

"从去年开始，曾洋不是一直情绪很低落，连学都上不了吗？我听传言说，可能是因为失恋。"

"哦，失恋啊，年轻人最常见的挫折啊。"

"还不仅仅是单纯的失恋,据说那个前女友是因为移情狮子丸,才与他分手的。"

正煮着冷冻乌冬面和正用平底锅炒着碎蔬菜和肉馅的"双小南"同时发出"哎——"的声音。

"原来如此。所以他才说三角关系什么的啊。更何况对方还是家族之间都有往来的朋友,这还真是残酷啊。"

虽然点了点头,但祐辅心里其实并不太同意这一说法。他试着回想刚才在"三瓶"时曾洋和狮子丸的样子。确实,两人显得有些疏远,但难道不是单纯因为座位离得比较远吗?至少他没感觉到尼采口中那种情敌间的紧张气氛。

"可是,要真是那样,也太那个了……不是吗?不过在今晚,不对,是昨晚,在昨晚的酒会上,他们俩是一起过来的啊。"

"是啊。"伴随着辣酱油甜甜的香气,盛满了乌冬面的盘子被南子一个接一个地端了过来,"曾洋同学看上去还挺开朗的。"

"是啊是啊。"小南一边拿来装在一次性小袋里的木鱼花和众人的小碟、筷子,一边赞同道,"反倒是狮子丸同学给人感觉不在状态。"

"我猜他是因为虽然出于无意,却夺走了朋友的女朋友,导致心里有种罪恶感。"

"说起来,那个女朋友到底是谁啊?是我们学校的学生吗?"

"肯定不是吧。"

"我觉得不是哦,萨特。"插嘴的是早田队员,"据我听到的情报,似乎比他年长,已经是个职场女性了。"

"你的情报不一定就是真的啊。而且,我不是写《辩证理性批判》的那个,我是写《查拉图斯特拉如是说》的。"

"哎哟,你还挺有自知之明的啊。"

"年长的职场女性……啊。"祐辅抱着手臂陷入了思考,"像这种成熟女性,会与年仅二十岁的学生交往吗……当然这也是有可能发生的,但移情的对象居然也是个年轻的学生,你们怎么看?"

被祐辅以"想要问问同为女性的意见"为借口提问到的"双小南"一边把热腾腾的炒乌冬拉到面前,一边对望了一眼。

"你是问可能不可能?那当然有可能了。是吧?和恋爱有关的事,什么都是有可能的。"

"怪不得曾洋同学会抑郁呢。偏偏还是被那么亲近的朋友抢了女朋友,这可真是太沉重了。"

"但是,"南子压低了声音,意味深长地环视了一圈众人,"我觉得跟他本人的性格也有关系。"

"性格?你是说曾洋同学?"

南子"嗯"地点了点头,舔去了沾在嘴上的酱汁。

"去年,我在第二外语课上与他同班。记得是五月还是六月的事,那天,曾洋同学因为把罐装饮料带进了教室,被老师训斥了一通。"

"被训了?"

"有些老师对那种事不太介意,就不会多说什么,但那天偏偏是个很严厉的老师。"

"谁啊?"

"你问名字?我忘了,是个没怎么听过的名字。一位年长的男性,戴眼镜,小个子,有点像树袋熊。"

"哦。"对于有数次留级和休学经历,已化身为学校牢头的祐辅来说,这点线索就够了,"是社下老师啊。"

"对对,就是这个名字。那位老师对曾洋说了类似'不许拿着那种东西,给我扔了'之类的话,让人听着觉得又不是小学生了,不至于那么严格吧。"

"谁叫他是个比较老派的人呢。"

"虽然不知道曾洋最终有没有把饮料扔掉,但他那天拿着罐子走出教室之后,就再也没有回来。"

"这种做法,怎么说呢,也有些孩子气。"

"然后过了一阵子,就在大家都要把这件事忘了的时候,曾洋同学又在同一个老师的课上拿着一罐饮料进来了。"

"哎呀呀。"

"但这次不是真正的饮料,只是一个看着像是易拉罐的东西。不出所料,老师又严厉地批评了他一通。这次曾洋同学仿佛卖弄般地冲着那位老师,把手里那个假易拉罐'啪'地掰成了两半。"

"咦——掰成两半?"

"其实那是个铅笔盒,是做成饮料易拉罐样子的铝盒,一个用来搞笑的小道具。"

"这么说来,曾洋他是故意把那个道具拿进了教室……"

"是的,大概是想对被老师训斥一事进行报复吧。那位老师也完全上了他的套。"

"居然会做出这种事,应该说淘气吗?"鉴于外表与著名漫画角色实在过于相像,小池先生很讨厌在众人面前吃拉面,但貌似只要换成炒乌冬就一点问题都没有。他正以惊人的气势嘶溜嘶溜地吸着面条。"这肉沫般的口感也真是,嗯嗯。"

"你们怎么看?我是觉得不太好。看着老师难为情的样子,我都觉得很尴尬。那时曾洋看起来似乎很平静,或者说是一副装作什么都不知道的样子,但一看就知道他其实得意得很,觉得自己干得漂亮。"

"我也不喜欢。居然做出这种事,真够讨人厌的。"不知是不是食欲大开,小南不停地往自己的盘子里添面,吃了一盘又一盘,"简直像个小孩子。居然还特意使用那种道具,真是受不了。"

"是吧。所以说,肯定是他那种黏糊糊的性格让他的女朋友感到厌烦了。"

"如果是这样,"尼采露出一副"此话真是深得我心"的样子,冲南子笑着说道,"他很有可能是想借着三角关系的话题来讥讽狮子丸啊。"

然而南子的反应却很冷淡。"嗯,这个就不好说了。"

确实从曾洋身上可以看出他在精神上还有不够成熟的一面。虽然只是大致印象,但从刚才听到的轶事来看,他大概是那种很看重自己的自尊和面子的类型。祐辅拆开一包烟,想着。

如果是这种性格,不仅是男女关系,只要事情不能按照他的预想进行,他都会很难调整心态,容易把自己逼得太紧,甚至可能陷入抑郁状态。

然而,从今晚——已经是昨晚——的曾洋的样子来看,他应该是靠自己的力量重新站了起来。用一个俗套的词语来形容,可以说是脱胎换骨了。

这时,祐辅确实这样相信着。

"哎呀哎呀,不知不觉外面都亮了。"

小池先生睡眼惺忪地打了个大哈欠。

结果,所有人直到天亮都在充满辣酱油香气的祐辅家里兴高采烈地打牌和聊天。

"等到七点,要不要一起去吃早餐?去'I·L'。"

"啊?"早田队员大叫一声,"我、已经、困了。"

尼采也频频揉眼睛。

"你们可以不去,什么时候想回去都行。顺便说一句,那可是高千经常去的店。"

"哇——我要去我要去!""双小南"的响应使哈欠连发的男生们陷入不好脱身的境地。最终六人决定一起前往学校附近的咖啡店"I·L"吃早餐。

与"双小南"和祐辅的精神百倍形成鲜明对比,另外三个男生已经疲劳到了极限,只是默默地把吐司、咖啡和白煮蛋机械性地往嘴里塞。

"那个……"结账的时候,祐辅悄悄问老板娘,"匠仔那边有没有什么联络啊?"

"没,还没有。"

据老板娘说,在这里打工的匠仔只交待说这个月要请假,而他九月之后的班次还没有安排。"这样·啊。"祐辅道了声谢,离开了"I·L"。

"喂喂,学长。"小南用手肘撞了撞祐辅的侧腹,"可以的话,我们要不要再去哪里聊一会儿天?"

"好耶……我也要去……"

满心以为这次终于能回去了,身心都已松弛下来的早田队员和尼采听到这话,差点儿瘫在路上。

"我没问题啊。那去国道旁边的家庭餐厅?"

"耶!"

"走吧走吧。"

"我实在无法奉陪了。"看来还没有被"双小南"的魅力彻底俘虏的小池先生干脆地挥了挥手,掉转了方向,"我先走了。大家,晚安。"

"怎、怎么办，早田队员？"用极其羡慕的眼神目送小池先生的背影远去的尼采呻吟道。他的眼睛下方已经出现了黑眼圈。

"要死一起死吧，我也要挑战一下自己的极限，队长！"

"嗯，你的气魄值得嘉奖。不对，什么时候我也成了科学特搜队的了，还是队长？"

早田队员和尼采拼尽余力才跟到了家庭餐厅，却在听到祐辅刚一坐下就点了"五杯生啤，中杯"时，一同差点儿从椅子上跌下来。

"学、学学学、学长？"

"还、还要喝啊？从现在开始？"

"你们俩不是要与高千竞争吗？"祐辅满不在乎地与"双小南"一起说了声"干杯"，"要是那样，像这种经典的流程可得轻而易举地过个一两轮才行啊。"

"比、比起这个，我们没脸面对全国各地正要去上班的上班族啊。"

"早田队员，现在正是你变成巨人的时刻。"尼采把手里的汤勺"啪"地举向空中①，"这样就可以把胃容量一下子扩大了。"

"能量不够啊，队长。"

"都说了，我又不是小林昭二②。"

好不容易喝掉了大约三分之一杯生啤，两人似乎到了极限，开始迷迷糊糊地打起瞌睡。虽然还时不时地回过神抬头看看，却在看见对方充满困意的脸后更加感受到睡魔的猛烈攻击。在这种叠加效应之下，两人最终一同趴在了桌上，真的进入了梦乡。

与他们形成鲜明对比的"双小南"若无其事地又叫了一杯生啤，还说着"想吃点东西""点个比萨吧，比萨""我想吃点甜的"。连祐

---
①这是早田队员的变身姿势。
②在《宇宙英雄奥特曼》中饰演日本支部科学特搜队队长村松敏夫的演员。

辅都有些被她们的气势压倒。

"啊……不过真开心啊……"

"嗯。学长，谢谢你。要是可以，下次也叫上我们吧。"

"哦哦，我可是随时都非常欢迎啊。"

"还有这几个人。"南子偷偷用手指了指正在打呼噜的男生们，"挺有趣，也挺上道的。"

"算是吧，嘿嘿。"

"什么啊？你这笑是什么意思？"

"嗯……哎呀，就是觉得，有点是我喜欢的类型……"

"欸？是、是哪个？哪个？"

"双小南"互相偷偷咬了咬耳朵，随即"嘎嘎"笑做一团。

"喂喂，你们两个。"祐辅苦笑着说，"这种事要在他们本人睡着之前说啊。"

"不，那可……""双小南"突然换上一副极其严肃的表情，"不行。"

"嗯？为什么？"

"因为，要是我们不小心流露出了一点好感，对方就拽起来了，那多讨厌啊。"

祐辅眨了眨眼。"哦。"

"该怎么说呢，男人不是总是立刻就想越界吗？或者应该说从一开始，他们就想视界线这种东西为不存在。"

"界线……是指？"

"不管是多亲密的关系，哪怕是家人，不是都应该有一条个人需要守住的界线吗，对人类来说？"

"你是说隐私？"

"也包括在内吧。不管是彼此多么相爱的恋人也好，长相厮守的夫妇也好，不是都应该有一条彼此不能逾越的界线吗？"

"那是当然。嗯。"

"但是男人，尤其是被女方示好之后，就会表现得仿佛界线这种东西完全不存在一样。这就是令人讨厌的地方。"

"说是得意忘形可能有些过分，但实际上的确如此。他们会在所有事上把自己的做法强加于人，只认同男人的理论和价值观。"

"而且就像是理所当然一样，是吧？我们当然也不是不想与男生交往，可是只要一想想将来的各种事情，就有点……是吧？"

"嗯。太麻烦了，各种麻烦。"

看来她们已经不是第一次把这个理论摆到台面上了。"双小南"配合完美，祐辅只能暗自佩服，觉得她们俩组合在一起，搞不好可以成为与高千相媲美的辩论家，简直像在听立体声一样。

"所以说呢，男人连跟女人认真吵架这件事都做不到。"

"嗯？怎么讲？"

"当意见出现冲突时，不好好理论到底，在中途就放弃的，不总是男人一方吗？他们还说什么是因为女人总是感情用事，无法理性思考，所以交谈才无法进行下去，真是太扯了。"

"没错没错，就是因为他们是以女人应该无条件赞同男人这一前提来与女性接触的，交谈才进行不下去。那样一来，我们当然也无法保持理智了。"

"明明从一开始就放弃争论的是男人，他们却说出谈话无法进行是因为女人太蠢了这种荒唐的逻辑，这到底是为什么呢？就是因为从出发点开始，男人就无视了与他人的关系中绝对不可缺少的那条界线，觉得那种东西根本就不存在。"

"不可思议的是，与他人交往既麻烦又困难这一普遍真理男人是不可能不知道的。然而为什么一涉及男女关系，他们就觉得应该另当别论了呢？"

"人们经常说，男人是在追求母亲的形象。基本上对男人来说，女人必须要像温柔的母亲一样，是不能有心理纠葛存在的。然而，那不就意味着从最开始就否定了对方的人格吗？"

"你们的意思是，男人没有把和女人之间的关系看作是人和人之间的关系，对吗？"

"是的，学长，就是这个意思。因为他们擅自决定女人是充满母性的，是治愈自己的港湾，所以一遇到矛盾，就只会得出问题都在女方的结论，才连吵架这种事都做不到。"

"虽然我的经验没那么丰富，但这种现象确实存在。当我和男朋友起冲突时，我自己心里也想着为了这点小事不至于爆发到这种程度，并且也能看出对方心里正冷冷地想着'因为这么点小事就突然情绪化，所以说女人真是……'但是，那其实是因为没有被对方作为平等人格对待，日积月累产生的不满而导致的结果。"

"这是男权社会的历史产生的构造问题啊。由于女人自己也很清楚正在为区区小事而失去理智，便会试图硬要找些理由来自圆其说，最终理论出现漏洞，陷入恶性循环。然而，那是因为她们被逼到了那个地步啊。"

关于这件事，要是男女的立场倒过来，不是也有可能发生吗？祐辅想着。不，不仅是男女关系，两代人之间也好，不同人种之间也好，所有情况下，少数的一方都容易被强加以特定的标准，这是人际关系中与权力平衡相关的普遍问题。然而，就算明白这个道理，"双小南"肯定还是会继续宣泄平时积累的不满，所以祐辅决定还是不要不识趣地擅加提醒，以免被误以为是在找事。

"就是因为这种事情反复发生,才会让女人都不够理智、无法理性思考这种荒唐的言论像既定事实一般传遍街头巷尾。原来如此。"

"所以,回到刚才那个话题,女人主动对男人表示出好感,真是再愚蠢不过了。这样只会让男人得意忘形,没有任何好处,绝对是这样。"

"哎呀哎呀,作为男人中的一员,这话听着还真是刺耳啊。"

"哎呀讨厌,学长。"刚刚还在愤慨激昂地控诉的"双小南"一下子转怒为笑,"你没关系啦,没关系。"

"什么没关系?"

"学长你是那种即便被女性告白,也绝对不会误会的类型。"

"怎么会!"祐辅不禁喷了出来,"怎么可能,我可是一个普通的男人,极其极其普通。不,搞不好我才是最麻烦的那种,会自作多情到暴走的类型哦。"

"我不觉得啊。"

"我也是。"

"为什么?"面对态度过于认真的"双小南",祐辅的心情变得有些奇妙,"你们把我捧得也太高了,有什么依据吗?"

"毕竟不管怎么说,学长是那位高濑小姐的朋友嘛。"

"高千的……欸,那个,稍等,所谓依据,就只有这一个?"

"当然,我们还没有和高濑小姐直接说过话,但是从听到的种种英勇事迹来看……是吧?"

"嗯。我觉得她不是那种会与不懂如何与别人保持恰当距离的人做朋友的人。"

"英勇事迹啊。"

虽然祐辅也想听听是什么英勇事迹,但还是决定放弃了,毕竟那可是高千。在她本人不知道的地方，一定诞生了无数荒谬绝伦的超凡传说。要是祐辅每件都去纠正，说与事实不符，那可就没完没了了。

不，说到底，祐辅对高千的事情也并非无所不知。有些怎么听都过于夸张的事迹，反而可能是真的。要是以为光凭自己就能判断与她有关的流言和传说的真假，那才是不自量力的表现。

并非无所不知啊……

对高千，也就是高濑千帆这名女性，祐辅都知道些什么呢？

现在她不在，并且和匠仔在一起，这些祐辅是知道的。

然而，就只有这些。他们两人现在在哪里，何时回来，都是未知数。

当然，祐辅也没有问过。唉，也许在这点上，祐辅就像"双小南"所说的，与高千"保持着距离"吧。所以……

"所以，我才不行啊。搞不好是因为这个原因。"

"什么？"

"嗯？啊，没没没，没什么。"

上午十点，趁两个男生终于睁开了眼，五人离开了家庭餐厅，晃晃悠悠地结伴走向学校。

"是这样啊，原来是这么回事。原来你是老爹啊。"

"老爹？"尼采冲着亲昵地拍了拍自己肩膀的祐辅露出疑惑的表情，"什么啊？为什么是我？"

"你不是小林昭二吗。一提到小林昭二，不就是老爹[①]吗？"

"哎哟，学长你总是只记得住这些事。说到底，说我长得像哲学

[①] 小林昭二除了在《宇宙英雄奥特曼》中饰演过科学特搜队队长村松敏夫，还在《假面骑士》系列中饰演过昵称为"老爹"的角色立花藤兵卫，他本人也因此经常被人唤作"老爹"。

家的不也是你吗？请别擅自把别人进行格式塔转换[①]啊。"

"格式塔转换吗？""双小南"嘻嘻地笑了起来，"你在遣词造句上似乎也有点像哲学家啊。开玩笑的。"

祐辅与这四个人的关系已经十分融洽，互相拌着嘴在学校正门前分开，祐辅独自回到了家中。

屋里还微微飘着辣酱油的香气。祐辅斜眼看了看散落一地的空易拉罐和脏盘子，从冰箱里拿出了一罐啤酒。

痛饮了一口啤酒的祐辅嘴边冒出白沫。他用手背抹了一把，环视了一下室内。

要是在以前，这里会有彻夜大闹后醉倒在地的匠仔和高千，还能听到小兔他们的鼾声，然而现在却……一片寂静，鸦雀无声。

"哼！"祐辅把剩下的啤酒喝干，一个人自言自语，"我才不寂寞呢，开玩笑。唉，我这是在说什么呢？我是傻瓜吗？"

他一下子躺倒在排成排的坐垫上。"我是傻瓜吗？"他恋恋不舍地咕哝着，进入了梦乡。

电话铃声使祐辅睁开了眼。一瞬间他还以为是闹铃响了，急忙慌张地用手摸索着，想按掉闹钟，同时坐起了身。

原本以为只是小睡了片刻，一看表才知道已经傍晚了，还有约十分钟就到下午四点了。

他一边说着"来啦来啦"，一边拿起了听筒。"学长。"电话那头传来熟悉的声音。是小池先生。

[①]格式塔转换：格式塔一词是德文"Gestalt"的音译，主要指完形，即具有不同部分分离特性的有机整体。格式塔心理学诞生于一九一二年。它强调经验和行为的整体性，反对当时流行的构造主义元素学说和行为主义"刺激－反应"公式，认为整体不等于部分之和，意识不等于感觉元素的集合，行为不等于反射弧的循环。格式塔转换指对事物看法的颠覆性转变。

"哦,怎么了?"

"晚、晚报,你看了吗?"

"没有。"地方晚报一般都是四点前后送达,"出什么事了吗?"

"昨晚曾洋同学……"

"他?怎么了?"

"他、他好像,做了,不得了的事,就在那……那之后。"

"那之后?你是说与我们分开之后?不得了的事又是指什么?"

"那个……"

小池先生的声音被盖了过去,玄关大门处传来"咚咚"的敲门声。

"等一下,有人来了。"

"啊,可、可能是警察。"

"啊?"

"刚才,也来我这里了。"

"我一会儿再打给你。"

祐辅暂且挂断电话,应了一声"来了",打开了拉门。

门口站着一位貌似三十多岁的女性,一头短发配上一身深蓝色的西装长裤套装,身材乍看之下很瘦削,其实是肌肉紧实的运动员类型。

单眼皮,文雅的日本式容貌,配上亲切得恰到好处的微笑。无论是外表还是举止,若拿高濑千帆来做比较,应该被归于完全相反的类型。然而不知为何,祐辅看到她后联想到的不是别人,正是高千。也许是由于从她那微冷的眼神中渗透出的冷静透彻,以及拒人于千里之外的态度与高千相似的缘故。

"贸然拜访,实在抱歉。"她保持着难以看透心思的微笑,出示了警察手册,"我是警察。"

小池先生猜中了。祐辅呆愣愣地感叹了一下，随即"咦"地歪了歪头。等等，这个人，我在哪里见过……啊，对了。

"是七濑警官，对吧？"

"咦？"一脸讶异、眯起了眼睛的她似乎立刻回忆起了祐辅，"你是……啊，对了。"她的表情有所缓和，点了点头，"去年圣诞节的那个。"

去年安槻大学发生了一起男讲师坠楼事件。若判定为自杀，疑点过多，再加上有杀人未遂的可能，与死者认识的祐辅他们当时便接受了审讯。虽然没有直接交谈过，但这位七濑警官当时也在场。

"这可真是奇遇。或者该说，你居然还记得我。"

"在与女性有关的事上，我的记忆力可是格外超群的。"刚要摆出一副骄傲模样的祐辅又慌张地调整回严肃的表情，"先不管这个。那个，其实我刚才接到了朋友的电话，莫非是与曾洋有关的事？"

"曾洋？啊啊，曾根崎洋。没错。这么快就听说了，那就好办多了。"

"不，一点也不快，我还什么事都不知道呢。我的朋友只在电话里问我有没有看晚报，但我一直睡到刚才才起床。"

"宿醉加上午睡啊。"不知是不是残余的酒臭味的缘故，七濑露骨地吸了一下鼻子，"过得还真是滋润。"

"啊，总、总之，请进。请进来吧。"

"不，在这里就行，马上就好。你的名字是边见祐辅，对吧？我听说昨晚你和曾根崎洋在一起，能不能把详细情况告诉我？"

"我们在学校附近的一家叫'三瓶'的居酒屋一起喝酒来着。来的全是学生，一、二……嗯，一共有八人。从八点开始。"

"曾根崎洋也从一开始就一直和你在一起？"

"对。他是和他的朋友狮子丸，啊，不对，和石丸一起来的。"

"一直待到最后？"

"到第一摊结束，是的。"

"后来呢？"

"从十一点开始，我们在这里喝了第二摊。不过他没来，我们在居酒屋门口分开了。"

"他没来参加第二摊，有没有什么特别的理由？"

"不知道啊，他本人说的是患了夏季风寒什么的。"

"缺席第二摊的只有他一个？"

"石丸也在第一摊之后就回去了。"

"那时他与曾根崎洋在一起吗？"

"没有，分开回去的。"

"你确定你们分开的时间是十一点左右？"

"应该是，您可以再问问其他人。"

虽然祐辅这样回答，不过看起来警察已经把参加了昨晚酒会的成员都问过一遍了，祐辅是最后一个被问到的。刚才七濑会说出那句仿佛把祐辅看穿了一般的"宿醉加上午睡啊"，应该也是因为对昨晚的来龙去脉已有耳闻。

这时晚报正好送到了。祐辅直接在玄关门口翻开报纸，七濑用手指了指上面的一则报道。

一名年轻男子袭击女性，不慎刺中自己造成重伤，至今神志不清——这行标题跃入祐辅眼中。

昨晚午夜十二点前，一位路人在洞口町的儿童公园听到悲鸣声，赶到现场后发现一名女性正被一名年轻男子袭击。他正要上前阻止，男子遭到女性的反击，被弹起的刀刺中了腹部。

男子是住在市内的大学生（二十岁），虽已送医，但仍处于神志不清的重伤状态。

被害女性当场离去。警察正在调查包括是否防卫过当在内的详细情况，为此正在寻找这名女性的踪迹。

"这个年轻男子……就是？"

"对。从他持有的学生证和驾照，可知他就是曾根崎洋。"

"洞口町……"

祐辅在脑海中粗略地画了一幅市内地图。那是距离学校所在地十分遥远的地区。为什么曾洋会在那个时间段去那里？

"那、那个……曾根崎洋呢？"

"很遗憾。"七濑摇了摇头，"由于出血过多，刚才已经确认死亡。"

"死……了？"

祐辅感到一片茫然。

死了？昨晚，就在刚才，真的就在不久前，还和自己一起喝酒的他？死了……死掉了？

不，等等，就算是那样……可这……

"怎么回事，这篇报道？说他袭击女性？这到底是……"

"貌似他持刀威胁被害者，还试图施暴。"

施暴……听到这与昨晚曾洋开朗的样子完全不符、阴暗又没有现实感的词语，祐辅只能哑口无言。

"简单来说，就是一个住在案发现场附近的男性在回家途中偶然路过犯罪现场，并上前施救。那时曾根崎洋正跨坐在那名女性身上，一副当场就要拿刀刺向女性的架势。大概他一开始的目的是施暴，后来由于遭到女方意想不到的激烈抵抗，就怒上心头了吧。"

"他……做出了那种事……"

我是不是仍然在睡梦中？祐辅真心祈祷着，希望这一切都是一场噩梦。

"然而，施暴的目的究竟是不是性侵犯，目前还只有目击者的主观印象。持刀威胁那名女性的目的也有可能是出于抢夺财物。"

要真是这样，或许还好一些……发现自己这么想时，祐辅感到一阵近乎绝望的自我厌恶。浑蛋，还在比较动机的好坏，他可是连命都没了啊。

"昨晚他的样子如何？有没有什么言行不自然的地方，或者与平常不一样的地方？"

"不……我跟他也没有那么熟。"祐辅并没有说谎，却因这样一来好像对死者漠不关心一般，出于内疚又改了口，"至少没熟到能把他昨晚的样子与平时的样子做比较的地步，所以实在不好说什么。我与他见面一般都是在酒会上。昨天才是我们第四次还是第五次见面。"

"原来如此。"

"不过，他似乎从去年起就有什么烦恼，今年四月还提交了休学申请。"

"这我听说了。"

"但是昨晚他显得很开朗。不仅是我，在一起喝酒的其他人应该都有这种感觉。"

大概是在暗示这点与其他参与者的证言一致，七濑无言地点了点头。

"虽然我不知道他在烦恼些什么，但曾根崎本人说他已经看开了。虽说没人能看透他人的内心，但我也没什么怀疑他的理由。他开朗的言行举止并没有表现出什么不自然,至少不会在那之后立刻做出这种……"祐辅把视线再度转到报道上时,大概是由于手上用力太大,纸面上"唰"地出现了一道数厘米长的裂痕,"虽然不知道目的是施暴还是抢劫,可这种……这种荒唐的事……"

"不像是他会干出来的样子?"

"是的,完全不像。"

祐辅拼命抑制住内心的冲动,没有把报纸就势撕毁,而是缓缓地叠了起来。即便如此,报纸的半边几乎被他捏烂了。

"对了,那名女性被害者是怎么说的,关于被袭击的情况?"

"被害者的身份尚且不明。根据目击者的证言,他经常在同一时段看到那名女性慢跑,理论上只要问问周围的人应该就能轻易查清了。不过,目前仍没有任何发现。"

"慢跑啊。也就是说,那名女性不一定是洞口町地区的居民。"

"是啊。也有可能是从很远的地方跑过来的。"

"那个……"祐辅突然想了起来,"刑警小姐,搞不好……"

"什么?"

"那名女性被害者,搞不好是曾根崎认识的人。"

仿佛在调整视线的焦点,七濑眯起了眼睛。"为什么你会这么想?"

面对她这种表情,祐辅感到莫名的心惊肉跳,但此时他并没有想到其中缘由。"其实……"他把昨晚分别时曾洋说漏嘴的事说了出来。

"虽然他说是染上了夏季风寒,但在那之前……"

"你的意思是,他说了一句'有约……',所以也许他是想说他另有约了?"

"是的。而且他从居酒屋出来后,立刻走向了大路方向,与他居住的学生公寓方向正相反。"

"也就是说,你觉得他也许之前就已经和昨晚的女性被害者约好了在洞口町的公园见面,对吧?"

"有这个可能。然后两人在那里发生了什么冲突……"

"但是,既然他动了刀子,就说明他事前有准备。"

"这……也是。"

应该不会是偶然从街边捡到的吧——祐辅本想加上这么一句,最终还是作罢,因为听起来刺耳又讽刺。

"所以说,可以判断他是打从一开始就对被害者有加害意图,对不对?先不论他是真的想伤害对方,还是单纯地只想略加威胁。然而即便如此,也不能否定两人之前就认识的可能性。如果真像你所说,被害者和嫌疑人之前已经有约,那也许就不只是一起单纯的抢劫或强奸未遂事件了。对他身边的人际关系进行彻底调查,有可能查出那名女性的身份。谢谢你,边见同学,你的话很有参考价值。"

"啊,刑警小姐。"祐辅叫住了正要离去的七濑。

"嗯?"

"可以的话,能告诉我你的联系方式吗?"

"为什么?"

"我还想再见到你。"

"真是个奇特的人,居然想再次被警察问话。"

"不不不,可能的话,希望以私人的身份。"

"哎哟?"七濑嫣然一笑,媚眼流波,"这是在搭讪?"

"也可以这么想。"

"给警署打电话吧,要是高兴了我就接。再见了。"

被干净利落地……拒绝了。

七濑坐上一辆停在一段距离以外的轿车，大概是便衣警车吧。

过了一会儿，一个穿白衬衫的男子擦着汗跑了过来。他很年轻，大概跟祐辅差不多大。他坐上驾驶席，对七濑说了些什么。

祐辅满心以为她是一个人来调查问讯的，结果原来是与搭档——不如说更像是她正在指导的新人——一起行动。昨天参加酒会的成员都不住这附近，但有几栋安槻大学的学生公寓，那个男刑警也许是去调查了一下曾洋在学校里的风评。

目送轿车开走的祐辅沉思了一会儿，随即回到屋内，拿起电话，打去了曾洋和狮子丸居住的学生公寓。

祐辅拜托管理员转接，但对方声称狮子丸不在家，还交代他说可能暂时不会回来。

果然，狮子丸，甚至这位管理员，都因曾洋的事受到了问讯。毕竟狮子丸和曾洋有家族之间的往来，所以也不难想象，包括遗体的身份确认、联络家属、举行葬礼在内，他最近会因各种事情而繁忙不已。

向管理员道谢后，祐辅先挂断了电话，接着又拨出了另一个号码。

"是小池吗？"

"啊，学长，怎么样了？"

"晚报我看了。刑警也来过了。"

"是吧？真是太吓人了。他究竟是怎么——"

"你能陪我一下吗？"

"哈？"

"虽然选择与昨天一样的店有点没创意，但还是在'三瓶'见吧。"

"嗨，原来是要喝酒啊。好啊，没问题。"

"那就八点见，好吧？"

"知道了。嗯。咦？连这也和昨天一样啊？"

"对。"

挂断电话，祐辅在烧洗澡水的同时整理了一下散乱在地上的垃圾，又洗了洗肮脏的碗筷。

流了一身汗，神清气爽。他打开电视，看傍晚播出的本地新闻。

曾洋事件只有一条简单的后续报道，内容是大学生嫌疑人在被送往的医院里死亡。他的本名曾根崎洋并没有被公布。

祐辅于八点之前从家里出发，在"三瓶"与小池先生碰了头。

昨晚，就在二十四小时之前，与自己在同样的地方一起喝酒的男人已经不在这个世上了。再一次意识到这点后，祐辅感到一阵近似眩晕的困惑。

"曾洋他，到底是个什么样的人啊？"

被不知是无力感还是焦躁感造成的烦躁驱使，祐辅将大杯生啤一饮而尽，叹了口气，不禁用近乎抱怨的口吻说道。

虽然他只是随口一说，与其说是提问，倒不如说是在自言自语。然而小池先生却认真地回答"哎呀不知道啊，我也只是在酒会上见过他几面而已"。

"记得他说他家是叶世森町的？"

"好像是呢。"

"从这里坐车的话……"

"两小时，再多一点吧。"

"之后他的家属也会过来吧，到安槻来？"

"那当然了。得确认遗体的身份，还有其他各种事情。"

"真难以忍受啊。"

"什么？"

"只要一想象曾洋父母的心情……只是儿子突然去世这件事就已经够受打击的了。"

"虽然这么说有些不好，但实在算不上什么光荣的死法啊。"

"我本来想找狮子丸问问的，但似乎暂时碰不到他了。"

"记得有人说过他们的母亲是好友，两家之间常有来往，对吧？既然关系那么好，那真的不算是外人的事了，想必狮子丸现在也很辛苦吧。不过，为什么呢？学长你想向狮子丸打听什么？"

"昨晚有人提到，就是那个，说他们俩之间有矛盾的事。"

"三角关系那件事？什么围绕着年长的职业女性之类的？我觉得那应该是谣言吧。真的有那么一名女性存在吗？"小池咬了一口特大有骨炸鸡，又拿起啤酒对着油乎乎的嘴巴一通猛灌，"虽然不至于说都是出于妄想，但传言在人们嘴里可是会越传越夸张的。"

"我们暂且先不论对方是不是年长的职业女性。男女关系对年轻男子来说是个普遍问题，我更在意的是，曾洋的烦恼是否仅仅与那个女性有关，会不会还有其他问题。"

"不知道啊。他都提交休学申请了，应该挺严重的吧？"

"你怎么看？对于他昨晚的开朗态度。我实在不认为那只是在装样子或是强颜欢笑。"

"我也有同感。但是也不能断定他已经下定决心朝前看了。"

"嗯？怎么说？"

"要是他继续闭门不出，就会拿不到学分，这点他心里也明白，却很难踏出走出家门的那一步，想必对他本人来说压力也相当大吧。而一旦正式提交了休学申请，起码他就不需要再担心学业问题，能够松一口气了。搞不好只是出于这个原因。"

"但是，那难道不就说明他已经在向前看了吗？"

"嗯，很难说，我觉得没有。所谓向前看，必须要把自己的烦恼相对化，将其视为很普通的、任何人都可能会遇到的问题。"

"可是曾洋就说过类似的话啊。他说过'再这么磨磨蹭蹭地消极下去也无济于事'什么的。"

"他嘴上是这么说。应该说，他是已经恢复到了姑且能够在大家面前通过'我已经看开了'之类的言论来掩饰自己的程度。因为休学申请已经提交，他在内心松了口气。但是不等于他就真的朝前看了，搞不好他的内心还在犹豫不决地纠结烦恼着。"

"小池，你……"祐辅眨了眨眼，喝了一大口冷酒，"说话居然还挺辛辣的。"

"别这样，学长，怎么现在了才说这种话，我对男人可是自古以来都这么辛辣。"小池"嘎嘎"地笑了两声，狼吞虎咽地吃着浇满了酱汁的炸鲭鱼排，"唉，不过鉴于昨晚'双小南'对曾洋的评价还鲜明地留在我的脑海里，可能也稍微对我的判断有了一些影响。"

"到底……是谁呢？"

"嗯？什么啊？"

"三角关系啊。要是那个传说中曾洋和狮子丸争抢的年长职业女性不是妄想的产物，那她到底在哪里，又是什么人呢？"

"谁知道呢。莫非……学长？"

"嗯？"

"你该不会是觉得昨晚曾洋想杀的那个女人，就是那个女友吧？"

心中所想被猜了个正着的祐辅不禁噎了一下。随后他终于意识到，在被七濑问讯时，虽然是出于下意识，但自己确实试图将关于曾洋与狮子丸的三角关系的流言打马虎眼蒙混过关，不觉感到一阵发冷。

当然，就算祐辅试图隐瞒也是没用的，警察已经对"双小南"、早田队员和尼采他们进行了讯问，也包括小池先生在内。谁都没有提及这个关键的年长职业女性的情况反而难以想象。

不，岂止如此，恐怕警察已经对三角关系的流言相当重视了。毕竟提到那名女性被害者可能与曾洋认识的不是别人，就是祐辅自己。祐辅现在终于明白，那时自己看着七濑眯起眼的表情时心里为什么会涌起一阵不安，不禁感到懊悔不已。真是太糟糕了！

岂止没有隐瞒，自己根本就是为曾洋因苦苦纠缠对方导致杀人未遂这一假说提供了一个有力的证据。那时祐辅由于不愿承认曾洋堕落成了一名歹徒，于是产生了如果被害人是他的熟人，搞不好他还算有救的错觉，其实根本完全相反。

（如果真像你所说，被害者和嫌疑人之前已经有约，那也许就不只是一起单纯的抢劫或强奸未遂事件了。）

七濑的话语沉重地压在祐辅的心头。既不是抢劫未遂，也不是强奸未遂，而是杀人未遂事件。

（再这么磨磨蹭蹭地消极下去也无济于事，倒不如就此把自己能做的全做了，好做个了结。）

昨晚曾洋的这句话又在祐辅的脑海中响起，使他的心情有些灰暗。把能做的全做了，好做个了结……这……喂，该不会……

该不会，真的是……

真的是……真的是，那样吗？曾洋真是为了摆脱三角关系的泥沼，而决定杀害那名女性吗……不。

不会。但为什么会是昨晚？为什么偏偏要在酒会之后？而且，对啊，为什么会在洞口町？难道那个关键的女友就住在那附近？

"小池，从这里去洞口町，要是你的话会怎么去？"

"怎么去？一般肯定是坐有轨电车或公交啊。"

"要是在夜里十一点呢？"

小池先生仿佛心领神会一般"啊啊"地应了两声，大口嚼着塞进嘴里的墨鱼丸。"电车和公交车都已经停运了啊。那样的话，就只能坐车去了。估计会打车吧。"

"不，办不到。"

"为什么？"

"昨晚，在付完ＡＡ制均摊的酒钱之后，曾洋的钱包几乎空了。他手头没有现金，肯定没法打车。"

"他也许先回了趟公寓呢，为了拿钱。"

"应该没有那个时间，而且他立刻就走向了相反方向的大道。"

"或许是在中途搭了其他人的车？"

"其他人的车……吗？"

"搞不好是事先和别人约好了在某个地方碰面，然后让人家带了他一程。"

祐辅并没有问那人是谁。如果问了，不难想象小池先生肯定会回答是那名女性被害者。

"莫非，"小池先生突然停下了正要把盐烧鸡翅往嘴边送的手，"他是走着去的？"

"走着？到洞口町？"

"如果他既没有办法搞到现金也没办法找到车，就只有这一个办法了啊。虽然感觉距离很远，但其实也不是远到不可能的地步。"

"好，我们来试试看。"

"啊？试、试什么？"

"试着走过去啊。我们也试试从这里走过去。"

"啊？从这里走到洞口町？学长你就算了，为什么我也要去啊？"

"反正你肯定运动不足吧？正好，就算是为了稍微减一下你的肚子，陪我走一趟。"

"怎、怎么这样！"

"十一点准时出发哦。"祐辅把剩下的冷酒一饮而尽，"只有十分钟左右了，赶紧把那个鸡翅解决掉。"

"这也太残忍了，我还有想点的东西呢，还想用米饭类的食物来好好收尾呢，还开心地犹豫是选青花鱼寿司还是茶泡饭好呢。"

"烦死了，赶紧吃。"

"啊啊啊啊！到底有什么想不开的，非要在这大晚上的走远路啊！"

祐辅丢下一脸委屈地啜饮着余下的啤酒的小池先生，走向收款台。

付完账拿到小票之后，祐辅突然歪了歪头。"嗯？"

随即他与跟上来的小池先生一起，在差两分钟十一点的时候离开了"三瓶"。

祐辅不由得嘀咕起来。"真奇怪啊。"

"怎么了？"

"我记得昨晚付账的是尼采，没错吧？"

"应该是吧，是他把大家的钱收到了一起。"

"但是，把小票给我的却是狮子丸啊。"

"是吗？所以呢？"

不知道祐辅到底在困惑些什么，小池先生耸了耸肩。祐辅自己也说不清自己到底在纳闷些什么。

"唉，算了，咱们先走吧。"

两人走上了大路。

一步一步走过车灯交错的电车通行的街道，经过县厅门口，随即穿过一条错综复杂的小巷，走向洞口町。

两人到达案发现场的儿童公园时是十一点四十分。

"没想到这么快就到了啊，还以为要花一小时以上呢。"

"也就是说，曾洋昨晚就算是走着来的也不稀奇。"

"是啊，就是在这里……"

公园里，一个人影也不见。

街灯的灯光下隐约浮现出攀爬架和跷跷板等游乐设施与公共电话亭。这里离大路比较远，所以静得就像沉在水底一般。

周围没有拉上提示禁止进入的胶带等标识，不知情的人肯定不会认为这里是犯罪现场。

"果然……"该正视现实了，祐辅对自己说道，"他们果然是事先约好了在这里见面的。"

"曾洋和那名被袭击的女人？"

"他们两人事先约好了见面，只能这么想。"

"确实。如果没有具体目的，那个时段，曾洋是不可能特意走到这里来的。"

"对。但虽然如此，还是有些不可思议。为什么一定要在那个时间、在这个地点见面呢？他们俩到底想要干什么呢？"

"不知道啊。"

"真不痛快。"祐辅用力挠了挠傍晚泡澡时刚洗过的头，"真是不爽。姑且假设那个女性被害人，就是那个与曾洋发生了男女方面矛盾的女人吧。如果真是这样，你觉得提出要见面的会是谁？"

"那当然是曾洋了。前提是流言是真的。因为他被那个女人甩了之后还恋恋不舍,所以提出了见面的要求。"

"令人费解的地方就是这里。我可以理解曾洋对那个女人提出见面的要求,然而对方会那么轻易地答应吗?"

"这是一个大问题啊。如果流言是真实的,那就是那个女人把曾洋给甩了,还与他的朋友开始交往。对她来说,曾洋实在不会是想要见面的对象。照理来说,应该连在白天见面都不愿意,更别说在大晚上了。"

"没错。那么,她到底是出于什么目的……"

"这只能问她本人了。"

小池先生突然打住了话头。

他有些不安地偷瞄着正抱着手臂凝视公园地面的祐辅,那副样子仿佛在说谜团的答案就隐藏在那里。

"那个,学长……"

"嗯?"

"你在想什么呢啊,那么入神?"

"没有……"祐辅回过了神一般仰头看向夜空,双手插进裤子口袋,"没有,没想什么……"

"你刚才真的很入神。"

"嗯……怎么说呢,就是觉得,有些遗憾。"

"遗憾?遗憾什么?"

"昨晚的曾洋。昨天我真的一点也没有怀疑,以为他确实已经振作起来了。"

"这也难怪,毕竟他昨天很开朗,就像终于看到了隧道的出口一样。看他那个样子,任何人都会有与学长同样的感觉。"

"但是,发生了那种事情,就说明……"祐辅发出一声长长的叹息,"酒会之后就发生了那种事情,这说明……我真是眼瞎。"

　　本想说些什么的小池先生又闭上了嘴,同时把视线移向祐辅背后。

　　在他的影响下,祐辅也转过头看去。

　　一个人影刚刚走进公园,乍看之下是一个三十多岁的男人。

　　在夜灯的照射下,来人的眼镜框在瞬间一闪。

RENDEZVOUS 2

"是……是明濑。"

身着夏季制服的鹤桥巡查部长,终于从喉咙里挤出了声音。

"是明濑,没、没有错。"

室内的空调大开,冷气足得甚至让人觉得有些冷。然而鹤桥的额头上湿淋淋的,渗出的汗水仿佛靠近火就能燃烧起来。

"为什么……"

鹤桥呻吟了一声,无法再继续说下去。不知是不是因为汗水的缘故,他那镜片极厚的眼镜眼看就要滑落,他却没有要扶的意思。

他略微弯着腰,两手直直地垂着,虚无混浊的双眼只是看向下方,看着那倒在木地板上的年轻男子的遗体。

那名男子与鹤桥穿着同样的夏季制服,制服帽子却掉在一旁。脖子上缠着什么东西,深深陷进皮肤。似乎是捆包用的塑料绳。

明濑巡警的遗体直到刚才为止都一直趴在地上,直到鉴定科的人员把情况完整地拍摄过一遍之后,才由数名搜查官翻转了过来。

"为什么……"鹤桥又呻吟出声,"为什么会发生这、这、这种……怎么会……为什么……"

年仅二十一岁,说是仍然略显孩子气也不过分的明濑的遗容充满痛苦。

在被勒死之时，想必他曾激烈地抵抗。他的喉咙处清晰地留下了令人心痛不已的试图扯开塑料绳的抓痕。

"鹤桥警官。"

安槻警署的佐伯一边轻声呼唤着怅然若失的年长巡查部长，一边走了过来。

这时佐伯也再一次意识到，自己的声音真是低沉又粗哑。适合威吓，但绝对不适合抚慰他人。

他的长相也是如此，只要看看他曾经无数次在公共交通设施上明明什么话都没说，却被一脸凶相的人让座的经历就足够了。"你是那种不管怎么做都会被人误会的类型，所以要对言行举止十分小心，小心过了头才行。"——这是妻子对佐伯的忠告。

平时佐伯就忠实地遵照这句忠告行事，哪怕发生天崩地裂的事，他也不会大声叫喊或大惊失色，只是保持着看不出心理活动的面无表情和一颗平常心，特别是在杀人案现场。

用戴着白手套的手面向死者双手合十之后，佐伯咳了一声。

"多次确认十分抱歉，请问明濑巡警离开镰苑派出所的时间，确实是在今天下午两点左右吧？"

"是、是的，确实是。"鹤桥终于摇摇晃晃地站了起来，两眼仍然一眨不眨地盯着同事的遗体，"肯定没错。"

"他一个人？"

"对。"

"一个人去巡逻？"

"不是，他是去把这一带的住户挨家挨户拜访一遍。"

"哦？"

"因为他刚被分配到镰苑，所以想让居民记住他的脸。他真的是非常有干劲……"

据鹤桥说，原本他们的工作是以掌握这条街道近年来增加的租房客的人员变动情况为目的进行调查。

需要与居民当面沟通，对每家每户进行走访。如果对方同意，就将其本人和同居者的名字和联系方式记录在卡片上。这样做的目的是，通过定期拜访各出租户，切实掌握居民的人员变动情况，为防范地区扎根型犯罪提供帮助。

镰苑派出所的警官们会在空余时间轮流负责此项工作。在此项工作的基础上，明濑巡警还对一般住户进行积极的走访，希望通过使居民记住新上任的自己的长相，来与当地居民结成紧密的信赖关系。为此他每天都十分努力。

"也就是说，今天他会来这户人家，也是出于这个原因？"

"应该是。他真的是一名在如今这个年代很少见的热情的年轻人。他……他为什么……会遇到这种事。"

"他的头部受到了重击。"

佐伯偷偷看了一眼正在进行验尸的遗体。制服帽脱落，明濑的后脑处，可以看到一处伤痕。

手枪没有被抢走。到达现场后首先能注意到的——恐怕注意到的不仅佐伯一人——就是这一点。

警棍和手铐也都在原处，没有争抢的痕迹。

"在与居民打招呼时，你们需要进到居民家中吗？"

"不……"鹤桥的眼神依然是一片虚无，但他终于取下了眼镜，擦了一把脸上的汗水，"不，应该不需要，不用做到那种程度，只要在玄关问话应该就足够了。"

"会不会有居民非要招待你们进去坐坐？"

"不可能。"

这么说来——佐伯静静地从眼球已经变得通红的鹤桥巡查部长身边离开。

客厅有二十张榻榻米大小,与用餐的房间和开放式厨房连通。

从家里玄关处脱鞋的地方上来,左侧通往日式房间,右侧是通往客厅的出入口。

在脱鞋的地方,明濑巡警的鞋子混在了这家人的运动鞋和拖鞋中间。也就是说——佐伯思考着,肯定发生了什么事,某种会使巡访中的警官必须特意脱下鞋子进入民宅的事情。

据说被发现时,明濑的尸体倒在客厅中央,横在电视和沙发之间。

尸体的头部冲着一张长方形的餐桌。在尸体的脚边,还躺着另一具尸体。

那是一名身材娇小、长头发的年轻女性,也许应该称为少女。穿着一身鲜艳的钴蓝色睡衣。

她也是向前扑倒的趴伏姿势,脖子上缠着塑料绳状的物体,深陷进皮肤。

"这是另一名被害者,据说是这家的长女。"同事山崎走近佐伯,对他咬起耳朵,"名字叫鲤登明里,是私立蓝香学园的高二学生。她与明濑巡警一样,也是遭受重击后被勒死。发现者是这家的女主人,即被害者的母亲。"

山崎看向玄关走廊对面,通往日式房间的入口。

佐伯沉默地点了点头,又回到了鹤桥巡查部长身边。

"十分抱歉,请允许我再次确认一下。明濑巡警在今天下午两点,为了巡访街道内的住户,离开了镰苑派出所,对吧?"

"是的,他一有时间就会去做这项工作。如果住户不在,他会择日再次登门拜访。"

"您刚才说过，调查租客的出入情况，是由派出所的所有警员一起负责的，对吧？那么，像这种去一般住户拜访的工作，是一直只有他一个人去吗？"

"不是的，一般会由我陪着，我抽不开身的时候也会尽量让其他人与他同行，顺便进行巡逻……但今天，碰巧……"

鹤桥悔恨地咬住嘴唇。

"两点左右从派出所出发，有没有规定什么时候回来之类的？"

"根据每天的情况会有不同，但平常最多过一个小时就会回来，今天都四点多了，他还没……我那时也有些纳闷，但当时还有其他工作需要处理……但是……但是……为什么……为什么会变成这样……"

另一名被害者鲤登明里穿着睡衣，这就意味着……佐伯思考着。

今天，八月二十二日。

学校应该还在放暑假。鲤登明里大概是在家人去上班或外出之后还赖了会儿床，或是虽然起了床却没有换衣服，一直保持着睡衣的打扮。

这时出现了入侵者，目的是劫财还是劫色尚且不明。虽然乍看之下家里没有被乱翻的痕迹，但也有可能起初是为了劫财，在被鲤登明里发现后对她狠下杀手，随即慌了心神，什么都没偷就逃走了。

总之，凶手对鲤登明里下了手，而在此时，正在街道巡访的明濑巡警偶然上门。

不巧被警察目击了犯罪现场，凶手为了不被逮捕而血冲上头，将明濑巡警也一并杀害——事情的经过大概就是这样。

"空调呢？一直开着吗？"

满心以为山崎就站在自己身边的佐伯提出了疑问，然而山崎似乎已经跑到其他房间去调查现场了，所以回答的是代替山崎来到这边的七濑。

"据发现者，也就是被害人的母亲说，她外出的时候应该把一楼的空调都关上了。"

七濑与佐伯正相反，乍看之下似乎是一名很亲切的女性——但只是乍看之下而已。

"她说她回家看到案发现场时，还在想怎么冷气还开着。详细情况请问她本人。"

听七濑的意思，似乎是想让佐伯对被害人的母亲进行问讯。不仅是她，在调查杀人案件时，想把对被害者的家属进行问讯这一任务交给佐伯来做的同事为数众多，也包括刚才的山崎在内。不知为何，自然就会变成这种结果。

按佐伯自己的理解，这算是一种刺激疗法。因为人类在失去了重要的家人，沉浸在悲伤之中时，如果被别人勉强地温柔对待，反而更容易感到绝望。还不如让他们暴露在佐伯宛如剃刀般咄咄逼人的气场之下，产生对荒谬现实的愤怒情绪，对他们本人也好，对调查人员也好，都效果更佳。

也许这只是佐伯自己的歪理。

"户主呢？"

"已经联系了他的公司，但似乎从出差地回到这里需要花上一些时间。"

佐伯点了点头，从正在工作的鉴定科人员中间插空穿过，向日式房间走去。七濑也跟了过来。

日式房间中有一位五十多岁，一看就知道是家庭主妇的女性靠在桌边，垂着头。她就是鲤登明里的母亲直子。

"失礼了，我是安槻警署的佐伯。"

虽然佐伯出声搭话，但对方没有丝毫反应，像石化了一般一动不动。

"关于这次的事件，真是不知该如何开口。在您悲痛之际，实在非常抱歉，能问您几个问题吗？"

直子仍然看着别处，微微地动了动，头部仿佛触电一般地摇了摇。

虽然这可以看作是拒绝的意思，然而祐辅还是自顾自地继续了下去。

"实在抱歉，请告诉我您发现女儿的经过。"

"什么经过……"她终于轻声开了口，"我回家的时候，就已经是那个样子了。"

"那是什么时候的事？"

"四……四点。"

呢喃声中途变成了尖叫，直子哭着趴在桌上，抱着头痛哭流涕。

佐伯把又哭又叫，陷入错乱的直子交给七濑，走出了日式房间。

这也是一种刺激疗法。比起带有令人喘不过气的压迫感的佐伯，让七濑那种待人接物较为柔和的搜查官来提问，能够使直子不那么害怕开口，从而既能帮助其本人恢复正常心智，从警方的角度也能使调查进行得更加顺利。至少佐伯本人认为自己的任务到此就算完成了。

玄关正对着客厅入口，门大开着。

大概是——佐伯思考着——脱掉鞋、走进屋的明濑在这个入口处看到了倒在客厅餐桌旁的鲤登明里，于是想要跑过去。就在此时……

凶手从后方袭击了他。从尸体的姿势和塑料绳的卷法来看，凶手一定是先从背后击打明濑，再勒死了他。然而，究竟……

犯罪之后立即被警察撞破现场的凶手，究竟能否做到立刻从警察的背后发起攻击呢？

能。佐伯看向客厅入口的旁边。在通往二楼的楼梯前方有一条走廊，与玄关走廊连成L形。这条走廊可以直接通到厨房。

这样就可以办到。杀害鲤登明里的凶手意识到有人从玄关走了进来，随即立刻离开尸体，飞奔进开放式厨房，之后再穿过那条通道，就可以绕到玄关走廊了。

只要采取这种方法，从背后袭击正因发现尸体而陷入震惊的警察也并非难事。之后只要采取与杀死鲤登明里同样的方法，先殴打明濑，让他丧失抵抗能力，然后再把他勒死——佐伯在脑海中按部就班地将案件重现，并开始想象凶手会是一个什么样的人。

就在这时，佐伯与正站在客厅餐桌旁的野本视线相接。野本正与手里拿着体温计的鉴定人员说着些什么。

野本冲佐伯招了招手。从他的表情来看，似乎不是什么好事。

果然，野本皱着眉说道："似乎，事情变得不太好办了。"

佐藤知道，在这个场合之下，他口中的"不太好办"比起棘手或麻烦，更倾向于"无解"的意思。

"怎么了？"

"首先，关于鲤登明里的死亡推测时间，从体温下降的情况、尸斑、死后僵硬程度等因素来判断，粗略推算尸体的发现时间是在死后四小时到六小时之间。"

"也就是说，死亡时间是今天上午十点到正午之间。"

"当然准确的时间还要看解剖的结果，但大致不会差太多。问题是……"山崎用下巴指了指明濑巡警的遗体，"他。"

"明濑巡警的死亡推测时间是？"

"发现时间大概是在死后一小时。"

"也就是说，是下午三点——"

佐伯的声音在一瞬间停住。

"欸？"

他说什么？佐伯一时间无法掌握这一事实的重要性，陷入了混乱。

"到底是怎么回事？"野本不悦地眯起了眼，"鲤登明里和明濑被杀害的时间相隔最少也有三小时，最多竟可能相差五小时之久。"

刚刚还在佐伯的脑海里完美重现的案件全貌，在这一瞬间全部土崩瓦解。

明濑被杀害的时间，在鲤登明里死后三小时到五小时之间？也就是说……

佐伯开始重新从头构筑案件的始末。能想到的模式一个接一个浮现，又一个接一个被排除。然而……

不行啊……一瞬间，一阵令人战栗的恶寒穿透了佐伯的脊梁骨。不行，任何模式都无法成立。无论如何组合碎片，都无法构建出案件的始末……这，难道是……

意识到自己正体会着思路被逼到死胡同的恐惧，佐伯差点儿咂舌出声。怎么可能，我在怕什么啊。现在还什么都无法断言，资料也没有收集齐全，怎么能把这个案件定为棘手难题，抱有先入为主的想法呢？这才刚开始啊，刚开始。

然而……虽然这样斥责自己，佐伯还是有一阵不祥的预感。这次的案件搞不好很难通过常规方式顺利解决。

*

"被害人之一，鲤登明里，十七岁。私立蓝香学园高二学生。和银行职员父亲一喜，以及家庭主妇、母亲直子三人住在一起。还有一个正在读大学的哥哥三喜男，但他现在居住在别县。"

安槻警署与县警成立了共同搜查本部，并召开了搜查会议。

一科科长、鉴定科科长、搜查主任、安槻警署署长，不知是不是心理作用，都显露出了比平时更为紧张的神色。这也难怪，同时发现两具被害人的尸体，这种恶性犯罪案件本身就很少见，更不用说其中一名死者是现任警官，在执行公务中惨遭杀害。

站在白板前的肋谷组长从鲤登明里的案件开始说明。

"先来总结一下鲤登直子的证言。八月二十二日早上，丈夫一喜在七点半吃完早餐出门上班。之后直子在做完打扫和洗衣工作后，也于十点左右离开了家。"

在车程二十分钟左右的隔壁镇上，住着一喜年迈的双亲。照顾他们二老是直子最近每天的任务。

"出门时，直子没有去确认女儿明里的情况。她觉得女儿应该还在二楼自己的房间里睡懒觉，所以没有特意去叫醒她。"

据说从学校放暑假开始，明里每天都不吃早饭，一直睡到中午。不知是谁小声嘀咕了一句"还真是放任主义啊"。

"所以，虽然不知道明里房间里的情况如何，但直子说她能确定家里其他的房门都好好地上了锁。"

肋谷用磁铁把鲤登家的平面图贴在了白板上。

一层，玄关左侧是两间日式房间，右侧是案发现场的客厅和餐厅。厨房的旁边是浴室、盥洗室与厕所。

二层有两间西式房间、衣帽间和厕所。房屋布局大致就是这样。

"被害者的房间是走上台阶后，紧里面的西式房间，就是衣帽间后面的那间。顺便一提，发现遗体时家里的窗户是关着的，从内侧上了锁。"

白板上还贴着几张鲤登家的内部照片。

"直子出门后，被害者何时起床并走到一楼，确切时间尚且不明。但至少已知中间没有吃饭的时间，她的胃是空的，而且凶手进入家中时，她连衣服都还没换。从这点来看，还可以得出一种可能性，那就是凶手与被害人认识。特别是……"

他拿出被害者的伤口照片。

"明里的头部后方有看似被器物击打的伤痕。凶手是让她失去了抵抗能力之后，从背后用捆包塑料绳将她勒死。用来击打她的凶器在现场没有发现。那条塑料绳也与鲤登家常备的绳子种类不同，应该是凶手准备的。另外她被害的场所，应该就是这里。"

肋谷举起了手中鲤登家玄关脱鞋处的照片。

"应该是玄关没错。脱鞋的地方有血迹，与明里同是O型。也就是说，凶手是从玄关进来的。如果直子说的房门都好好上了锁的证言属实，那么打开玄关大门的就是被害者本人。门上也完全没有硬撬的痕迹。从这点也可看出，凶手有可能与被害者认识，而且两人的关系亲密到被害者能够穿着睡衣前去应门。"

"与把人掐死这种需要很大臂力的方法不同，"县警宇田川补充道，"若是先让对方失去抵抗能力再勒死，这种方法连女人和小孩都能做到。"

也就是说，凶手也有可能是被害者的同学或朋友。就在佐伯这么想时，肋谷说道："说到凶手和被害人关系亲密，鲤登明里……"

他咳了一声。

"鲤登明里，怀有身孕。"

就这一句话，虽然只有一瞬，但确实使会场中弥漫着案件动机基本可以确定了的气氛。

佐伯也认为，虽然轻率下判断是绝对的大忌，但这件事恐怕不可能跟此案毫无关系。虽然只是一般推论，但对高中生来说，世界并不太大。年仅十七岁的女孩怀了孕，还成了杀人案件的被害者，怀疑这两件事之间有因果关系是再自然不过的推论了。

"已经三个月了。家人似乎都没发现，但总而言之，被害人在生前与某男子发生了性关系，这一事实在今后的调查中应该会成为极为重要的一环。"

像是打算重新开始解说一般，肋谷再度展示出房间的平面图。

"鲤登明里的尸体是在餐桌旁边被发现的。可以认为是凶手把她勒死之后拖着她的脚，把她从玄关拖到了这里。从这个痕迹也可以确定。"

一刹那，一阵强烈的疑惑袭向佐伯。

特意把尸体从玄关拖到餐厅……为什么？虽然在地板上拖拽比用手抱起来需要的力量小，但尸体也还是很重的。

凶手为什么要特意做这种麻烦事？佐伯左思右想，也想不出个答案。

"另外从司法解剖的结果来看，鲤登明里的死亡推定时间是八月二十二日上午十一点左右，前后顶多再多三十分钟。"

十点半到十一点半之间吗？也就是说，她在母亲直子出门后不久就遇害了。

"据说通常直子在照顾完公公婆婆后，会在下午一点左右回家。

二老虽然年事已高，但还没到卧床不起的状态，所以虽说是照顾，也就是做做清扫、洗洗衣服，以及送去一些容易存放的食物。然而，二十二日那天她顺路去了一趟超市，偶遇旧识，两人去咖啡馆里聊了好久，所以四点左右才到家。顺便一提，这一点已经由那位友人和咖啡店的店员证实。回到家的直子发现了女儿和明濑巡警的尸体，随即慌张地报了案。事情大致就是这样。接下来，"肋谷清了清喉咙，"关于明濑巡警。"

几张用磁铁固定在白板上的照片被替换了下来。

"根据在镰苑派出所工作的鹤桥巡查部长的证言，明濑巡警去进行街道走访是在二十二日的下午两点。从隔壁居民那里得知，明濑巡警确实造访了六户人家。他最后拜访的居民称，他离开时是差几分钟三点。从那里到事发现场鲤登家步行大概需要一分钟。而从解剖结果来看，明濑巡警的死亡推定时间是在二十二日的下午三点左右，所以他大概是在离开最后访问的人家后就立刻前往鲤登家了。随后……"

他略显犹豫地停顿了片刻。

"随后明濑巡警意识到房内有异样，在试图检查现场时被凶手杀害——这是我们最初的想法，但现在看，似乎不太可能。我刚才已经说明，鲤登明里的被害时间是十点半到十一点半之间。假设为十一点，而明濑巡警拜访鲤登家的时间距离犯罪时间已经过了四个小时。在这段时间里，究竟发生了什么会让明濑巡警注意到的异常情况……"

"都过了四个小时了，凶手还会留在现场吗？"插嘴的是一位名叫平塚的年轻刑警，"或者，有没有可能，杀害明濑巡警的和杀死鲤登明里的凶手并不是同一个人？"

"可能性不是零。但也仅仅不是零，实际上还是非常难以想象。不仅现场在同一户人家里，连杀人手法的细微步骤都极为相似。如果说凶手不是同一人，有点……嗯。就我个人的意见来说，恐怕不太可能。"

"那么，杀害鲤登明里后，凶手先暂时离开了现场，然后因为某种理由又回到了案发现场，这种可能呢？"

"虽然无法断定，但这种情况很有可能发生。比如说，凶手意识到把会暴露身份的东西丢在了现场之类的。如果是这样，就算会有一些风险，想必他也会去回收。然后，回到现场的时候，凶手偶然与拜访鲤登家的明濑巡警碰上了。但即便如此，也依然有疑点。首先……"肋谷指了指鲤登家平面图的玄关部分，"不可能是明濑巡警先到现场。因为要是那样，屋里就只有鲤登明里的尸体，不会有人来应门，明濑巡警只会认为家里没人而直接离去。而返回现场的凶手在看见警察时根本不用慌张，只要装出一副若无其事的样子混过去就好了。"

"也就是说，不管怎么看，都是凶手已经在家中。他回到现场的理由暂且不论，可为什么他会去应门呢？明明家里有被他杀害的女高中生的尸体。"

"不一定是明濑巡警按下了门铃，也许凶手正好在玄关开门时他过去打了招呼。这样一来，凶手就不得不装作是鲤登家的成员或相关人员来应对了。到这里为止没问题。虽然如此……"

肋谷有些气愤地用手指"咚咚"地敲了敲那张平面图。

"我们就不用再次确定位置关系了。假设凶手在玄关装作是住在这里的家人来应对，那么明濑巡警是看不到鲤登明里的尸体的。要是尸体在客厅的出入口附近倒还有可能，可尸体在里面的客厅。也就是说，肯定是出现了什么异常状况，促使他无论如何都要进到屋里调查一番，否则他没有什么依据下此判断。"

"然而实际上他的确进到了屋里。那么，是凶手做出了某种非常可疑的举动？"

"就算真是那样，他会直接进门吗？向凶手提出问讯要求，让凶手去派出所一趟，这倒还可以理解。"

"我想确认一下，那时鲤登明里的尸体有没有可能还放置在玄关处？要是明濑巡警看到了死于他杀的尸体，虽然报警是最先要做的事，但他也许会选择自己先进屋调查一番。"

"从死后僵硬程度和尸斑的情况来看，鲤登明里应该是被勒死之后马上就被拖到了客厅。由于明濑巡警倒地的位置刚好覆盖了血迹、被勒住脖子时鲤登明里的排泄物以及拖拽痕迹，所以可以肯定，他访问鲤登家时，明里的尸体已经被转移到了餐厅。"

"那我再确认一点，没有记录显示附近的邻居发现了任何异样。本应只是单纯去鲤登家打个招呼的明濑巡警既然会脱掉鞋子走进房间，肯定是察觉到有大事发生，才做出这样的行动。然而，他到底发现了什么，这点完全没有头绪。"

"鲤登明里也不可能呼救，因为她那时已经死了。毕竟那时距离犯案已经过了四个小时。"

"真是找不到答案啊。刚才我也说过，杀害明濑巡警所用的方法与杀害鲤登明里的方法完全相同，他的头部后方也有击打导致的伤口，凶器同样尚未发现。凶手在使明濑巡警失去抵抗力之后，从背后用捆包用的塑料绳将他勒死。他的尸体没有被移动的痕迹，所以他就是在尸体被发现的场所，也就是客厅中央被杀害的。这么看来，明濑巡警应该是发现了什么异状，随即推开试图阻止的凶手，强行进入家中。然后就在他因看到鲤登明里的尸体而惊讶时，凶手趁机从背后袭击了他。事情的过程只能是这样，然而……然而，之前我也说了很多次，那时距离鲤登明里被害已经过了四个小时，如果是普通的访问，理应看不到尸体。在这种情况下，到底是什么异状促使明濑巡警走进这户人家呢？"

"腐臭味之类的吗……"宇田川刚开口便立刻自我否定，"不太可能。虽然是夏天，但区区四个小时，尸体应该还没有开始腐败。空调似乎也开得很强劲，至少不会臭到在玄关都能闻到的地步。"

"而且，就算有腐臭味，会马上认为有人类的尸体吗？通常都会觉得是垃圾的味道吧？"

"嗯，暂且先把这点搁置不管。"宇田川开始总结，"总之，就像刚才肋谷提到的，凶手事先准备了凶器，并在事后将凶器带走，可见这必定是一次有预谋的犯罪。凶手有极大的可能是在掌握了鲤登直子最近的每日行程的基础上，选择了只有女儿独自在家的时间下手。我们要重视被害者穿着睡衣这一点，以及最重要的，被害者怀有身孕，要对鲤登明里的交友关系进行彻底调查。到此——"

"那个，"平塚举起了手，"抱歉，我可以说一句吗？"

"什么事？"

"明濑巡警会进入鲤登家，也许并不是因为发现了什么异状，这种情况是不是也有可能呢？"

"嗯？怎么说？"

"也许正相反？他并没有感到异常，却还是进去了。因为……"

"等一下。"署长沉下脸来，"你什么意思，平塚？你难道是想说，明濑巡警发现自己登门拜访的住宅里正巧没人，便怀着歹心偷偷潜了进去？难道你认为，他是在那种情况下被赶回现场的凶手袭击的？"

"不，不是那样的。"平塚依然非常认真，"我是觉得，也许明濑巡警是被凶手引进家门的。"

什么？数人发出了惊讶的声音。大家都一脸不明所以地歪着头。而佐伯内心感受到仿佛被扇了一巴掌的冲击……对。

对啊，就是这一点，这就是我刚才感受到的疑惑。

"我的设想是这样的。明濑巡警拜访鲤登家时，凶手已经在里面了。凶手伪装成鲤登家的人或是相关人员，并且有可能对明濑巡警提出请求，譬如对他说'家里似乎有些奇怪，可能有人躲在里面，真害怕啊。巡警先生，能不能请您进来看看？'之类的。一般的警官听到这种请求，都会毫不犹豫地脱鞋进入对方家中，对吧？"

现场升起令人忍不住咽唾沫的紧张气氛。然而大家应该不是对平塚的发言感到钦佩，更像是惊在了当场。

"随后明濑巡警看到了鲤登明里的尸体，一时慌乱，凶手便趁机从背后——"

"喂喂，平塚，你在说什么胡话。"野本责备道，"这根本是不可能的事。要是让警察进来，鲤登明里的尸体不就会被发现了吗？这样一来会发生什么？会遇到麻烦的是凶手自己啊。这不是明摆着的事吗？而从现在的状况来看，就是因为尸体被发现，凶手才会把明濑巡警也一并杀害。那种会让自己陷入困境的行为，凶手哪有故意去做的道理？"

"真是瞎扯""就是"，会场各处响起这样的声音。平塚也不自信地挠了挠头，于是这个话题就干脆地结束了。

"啊抱歉，我能再问一个问题吗？"丝毫没有得到教训的平塚又举起了手，"鲤登家的长男为什么叫三喜男啊？"

啊?得到的只能是傻眼到露骨的回应。

"不是啊,你们看,因为父亲叫一喜,所以使用了同一个汉字,这点可以理解。但是,我就是在想,为什么会跳过二直接变成三呢?"

"你要是真这么好奇,下次去鲤登家时自己去问。"

"哦。"

佐伯一直在心底反复回味着正挠着头的平塚刚才的发言……难道……

难道明濑巡警真的是被凶手引进家门的?若果真如此,就能明白把鲤登明里的尸体从玄关搬到餐厅的原因了。也就是说……在意识到自己在想什么时,佐伯吃了一惊。这也太离谱了,他想着。

然而,他却无法咬定这一离谱的想法的可能性为零,无法将其完全舍弃,只好继续苦闷地烦恼下去。

*

七濑与平塚一起向蓝香学园走去。最近,她经常和这个小伙子搭档。

私立蓝香学园是初高中直升制的男女共校,去年刚迎来创立三十周年,在当地是一所比较新的高升学率学校。

在接待处向处理事务的职员说明了来意的七濑和平塚被带到了校长室。与校长依照程序完成了一系列确认事项之后,两人被介绍给了明里生前的班主任。

据说鲤登明里是在地方市立初中上二年级时接受了插班考试,中途转入了蓝香初中部。死亡时是高中部二年级的学生。

高中部根据学生的升学愿望,每个年级分成以国立与公立大学为目标的 A、B 班，以私立大学为目标的 A、B、C 班，以及理科 A、B 班。

明里是私立大学 B 班的学生，班主任叫小暮，是个看起来不到三十岁的年轻教师。他进入接待室时那唯唯诺诺的姿态，说好听点是未经世故，说不好听点就是给人靠不住的感觉。

"她的成绩还算不错。不过，怎么说呢，也就是在我们班里还算不错。"

小暮的长相像是从勤学苦练型的少年直接变成大人，不知是不是因为面对警察的问讯有些紧张的缘故，总觉得他的态度有些卑屈。

"在全校范围内呢？"

"应该算中等程度吧。原本在升入三年级的时候，会依照本年度的成绩和实力测试的结果进行综合判断，好重新划分班级，从结果来看……她也许可以，嗯。"

他的意思似乎是，也许可升到 A 班。

"基本上来讲，她是个非常聪明的孩子。可能有些过于聪明了。"

从那微妙的富有深意的话语中，七濑感觉到小暮对这名学生有种不知该如何是好的感觉。

"坦白来讲，老师您对她抱有什么样的印象？不只是作为一名学生，还作为一个人，或作为女性来看？"

"什么印象？嗯那个，哎呀，该怎么说呢。印象这种事，让我用一句话来总结，实在是说不明白。"

"是好相处的学生，"七濑放弃了婉转的说话方式，"还是不好相处？"

"坦白来讲，"被单刀直入地询问，小暮看上去反而松了一口气，"是后者。而且怎么说呢，还是个典型例子。"

"有什么不好相处的例子吗？"

"也许听起来有些矛盾，但鲤登同学是名优等生。像是对教师采取反抗的态度，或是和同学起争执，甚至违反校规之类的事情，她都从来没有做过。更不用说抽烟喝酒、旷课之类的事了，也从来没让负责生活指导的老师烦心过。关于品行，更是完全没有问题，是个模范学生。"

"嗯，确实很矛盾。"平塚似乎产生了兴趣，"既然从来没做过坏事，理应挺好相处的啊。"

"是啊，一开始我也是这么想的。实际上，她对老师也非常率真坦诚，所以要是不在意她身上散发的独特气质的话，可以说没有任何问题。"

"气质……是指？"

"怎么说呢，这点如果不和她本人接触，估计无法明白，光用嘴说也没法说清楚。"

"其实性格很差之类的？"

"也不是说没有这层意思，但要是完全以这句话来总结，又总觉得有微妙的偏差。总的来说，就像我刚才说过的，鲤登同学与老师之间自然不用说，与同学之间也绝对没有起过什么争执。该说她非常成熟吗？我不知道这么说是不是合适，总之她非常善于处世。"

"原来如此。"七濑觉得似乎懂得了一些，"老师你就是因为她那种和年龄不符的无瑕疵才觉得有些难以相处，对吗？"

"是的，不止我一个人。啊，不是，我绝不是……那个，绝不是想说逝者的坏话，请您理解。"

"那是当然。"

"有时我会从其他学生口中听到鲤登同学的事，他们都会不约而同地说——说起明里，总觉得有些难以接触啊。甚至还有人说觉得在她面前自己仿佛是笨蛋。"

"这又是为什么？"

"这就是我刚才说过的，她独有的那种气质。鲤登同学没有做过任何坏事或说过任何过分的话，却不知为何，只是她的存在，就会微妙地刺激到对方的自卑心理。"

"自卑心理？"

"不知为何，她总是让人觉得，虽然表面上对人很和气，实际上却很瞧不起别人。以防万一我再强调一下，我的意思并不是说鲤登同学真的在心底对其他同学抱有轻蔑态度，只是她拥有一种独特的气质，会使对方产生一种自我贬低的心理。"

"算是一种气场，或是无言的压力吗？"

"嗯，也可以这么看吧。也许就是因为这样，虽然表面上没发生过什么事，但鲤登同学在学校或班上确实有些不合群。"

"您的意思是说，她其实被人欺负了吗？"

"不不，关于这点她应该处理得非常妥当。我也不知道用妥当这个词是否恰当，但她给人的印象就是万事滴水不漏。"

"原来如此。也就是您刚才所说的，非常擅长处世。"

"是的。"

"老师您自己觉得呢？您也像其他学生一样，只要和鲤登同学在一起，就会产生一种莫名的自卑感吗？"

"嗯……算是吧。"虽然犹豫了很长时间，但小暮最终也没有否定，"她对师长也十分恭敬，但总给人感觉她的内心其实非常冷漠。"

"我就单刀直入地问了。老师您认为，鲤登小姐的那种独特的气质，有没有激起他人的杀意的力量？"

似乎再次痛切地意识到这是在接受杀人案件的问讯，小暮的表情变得微微有些僵硬。他大概是想到，既然是自己教的学生被杀，那么身为班主任的自己想必也被列入到假定的嫌疑人名单中了。

"这只是形式上的问讯，请您不要往心里去。请问八月二十二日上午十一点到下午三点，老师您在哪里、做了什么，以及是否有能够为您证明的人？"

"二十二日那天，我一早就为了暑期补习来到学校，为高三的私立大学C班上课。参加者有五人，他们应该能够证明。"

"原来如此。下午呢？"

"在学校附近的中餐馆吃完饭我就回家了。一直到傍晚，都在看回家途中顺便去租碟店借的电影。遗憾的是我一个人住，所以没有人能够证明。"

"我知道了，谢谢您的协助。回到刚才的话题，老师您是怎么想的？您觉得鲤登小姐的独特气质是这次案件的导火索吗？"

"说实话，我对这一可能性表示怀疑。虽然每个人的感觉各不相同，不能一概而论，但鲤登同学绝不是神经大条的人。在她察觉到自己的存在让周围的人感到厌烦时，她是会迅速抽身的。她具备那种敏感。"

"从您的话听来，鲤登小姐并没有可以说心里话的亲密友人，对吗？"

"是的，同龄人里应该没有能跟她聊兴趣爱好之类的谈得来的人，她还是和大人接触更多。对了对了，不知道是不是出于这个原因，她和芳谷老师非常合得来，两人关系似乎很好。"

芳谷朔美，一名三十多岁的女性，担任蓝香学园的校图书馆管理员。

"鲤登同学似乎经常泡在图书馆里，传闻她经常与芳谷老师进行什么文学讨论。"

"文学讨论？"

"好像是因为鲤登同学对写小说十分感兴趣。"

"我们想对这位图书馆管理员也进行一下问讯，请问图书馆今天开门吗？"

"应该开着，但现在你见不到芳谷老师，她去海外旅行了。"

"海外？去哪里了？"

"好像计划是要周游欧洲。出发时间是这个月的二十号，二十八号回国。"

"您了解得还真清楚。"

"没有……"

小暮涨红了脸，眼神游离。看起来，他似乎对那位图书馆管理员偷偷抱有好感。

"除了那位芳谷老师，鲤登同学在学校里还有其他亲近的人吗，特别是同年级的学生之类的？"

"在我看来没有，不过老师能了解的也很有限。"

"就算没到亲密的地步，有没有还算有交流的学生？说起来，鲤登同学没有参加什么社团吗？"

"我记得她以前加入过戏剧部。"

"哦？戏剧部？"

"那时她好像说想当演员。不，这点我也没确认过。但最终她中途退出了戏剧部。"

"有什么特别的原因吗？"

"唉，这我就不知道了。只不过……虽然这只是我不负责的想象，但如果周围的学生都对她产生莫名的抵触情绪,社团活动毕竟是综合艺术,这么一来就很难进行下去了。于是,发觉到这一点的鲤登同学识相地退了部,很有可能是这样。"

"因为识相而退部?这有点……"

"不,这是很有可能的——至少鲤登同学是那种会让人觉得有可能做出这种事的类型。如果您跟生前的鲤登同学接触过,就会明白的。"

"那么在那之后,她就没再参加任何社团了?"

"之后她好像又加入了文艺部,不过也很早就退出了。"

"文艺部?是说她从想当演员转变为想当小说家了吗?"

"也许吧。"

"我想对这两个社团的顾问老师进行问讯,请问今天他们来学校了吗?"

"戏剧部应该有活动,文艺部就不知道了。毕竟也没有什么特别的官方组织的活动,搞不好顾问老师也只是挂个名而已。至于老师对社团活动的内容到底清不清楚,我也不能保证。"

"那举个例子,有没有与鲤登同学从初中部开始就一直同班的学生之类的呢?"

"当然有几个。"小暮突然歪了歪头,"嗯?啊,对了,是文艺部、文艺部。不知道在这所学校里有没有同班过,但那个小学时与鲤登同学同班的学生应该是文艺部的。我记得鲤登同学之所以会从戏剧部转到文艺部,好像也是因为那个学生的推荐来着。"

"能告诉我那个学生的名字和联系方式吗?"

"唔,记得是叫辻。联系方式我不知道,实在抱歉,请去问负责事务的老师吧。"

"啊，对了对了。"七濑装出一副顺便一提的自然语气，"鲤登同学有没有和哪个男生走得特别近呢？"

"据我所知没有。不过要是连班主任都知道了，他们也太没有防备了。"

"确实。但总体来说，老师您觉得鲤登同学在男女交往方面像是哪种类型的呢？"

"哪种类型是指？"

"就是说她是会积极尝试与有好感的对象交往的类型，还是对这种事不太感兴趣的类型？"

"非要说的话应该是后者吧。对这种思春期性爱方面的问题，鲤登同学给人的印象是仿佛已经看破，达观得甚至超脱了……不对。"说到一半，小暮开始苦笑，"不不不，这种想法掺进了我作为教师的私愿，希望女学生对这种事情尽量不要太关心。唉，不管怎么说，我并没有过多关注学生的私生活，所以就我个人来说什么也不知道，就是这样。"

七濑和平塚掌握了戏剧部和文艺部的顾问老师，初中就与鲤登明里同班的几个学生，以及推荐鲤登明里加入文艺部的女生的名字和联系方式。

离开学校后，七濑和平塚分头去问讯。虽然如果两人一起对相关人士进行问讯，可能会有不同的发现，但毕竟还有几起事件要处理，人手不足，在一定程度上只好以效率优先。

七濑率先前往事先联系过的名叫日高的女教师家。日高是一名五十多岁的已婚女性，担当文艺部的顾问老师。

但是，正如小暮所担心的，她只是个挂名的顾问老师，对社团活动一概不知，与鲤登明里交谈的次数也屈指可数。

"虽然不是从本人那里直接听来的,而且还是由第三方转述的别人的话……"日高做了一番铺垫,才说道,"听说她退出戏剧部,是因为顾及前辈。"

看来关于这一点,小暮的推测也是正确的。

"当时鲤登同学想成为一名舞台剧女演员,所以在升入初中部时就进入了戏剧部。当然,一开始没有出演的机会。在幕后锻炼期间,她似乎开始对导演方面产生了兴趣。"

"导演吗?"

"详细情况我也不太清楚,但据说她好像开始对前辈们改编的剧本提意见什么的。不过虽说是提意见,也只是很自然地问了一下能不能提点意见的感觉,并没做出什么出风头的举动。然而坏就坏在,鲤登同学提出的意见总是一针见血。"

"这样一来,前辈们可就下不来台了。"

"是啊。据说气氛一下子变得很差。她应该也察觉到了,所以最终自己提交了退部申请。"

比起文学部,日高似乎对并非由自己担当顾问的戏剧部的内情更为了解。

"我听说在那之后,她被小学时的同班同学劝说,加入了文学部?"

"啊,是的,是辻同学吧?没错。不知该说她是人好,还是天生就无法对别人置之不理,总之辻同学凡事都为鲤登同学操心,在很多事上都想帮她一把。"

"像她这样的学生,在学校里应该非常少见吧?因为我听说,有很多学生对鲤登同学抱有莫名的抵触心理。"

"是啊。辻同学的话,嗯,虽然我也不是很懂,但她也许对鲤登同学抱有某种憧憬，可能也想成为那种在任何领域都游刃有余的万能选手吧。"

"万能？"

"其实，我觉得鲤登同学就算成了学校里众人喜爱、憧憬的偶像般的存在，也不是什么奇怪的事。她不仅外表很漂亮，还很聪明，还有戏剧和文学方面的才能，就算是成为异性和同性都为之倾倒的那种女生也一点不奇怪。然而现实与假设仅有一线之隔，她最终成了会令他人莫名感到躁动不安的一个人。辻同学是个例外，但如果齿轮能以原本的形状完美咬合，大家都应该和辻同学一样，成为鲤登同学的积极拥趸才对。我总是这么觉得的。"

"她被那位辻同学邀请进了文艺部，最终却还是退出了，对吧？"

"不，并没有正式退出。"

"是吗？"

"我听说的是，鲤登同学似乎打算提交退部申请，但被辻同学哭着阻止，所以最终还是收回了申请。"

虽然不知道具体情况，但只不过是加入或退出社团的问题，居然会哭着阻止人家。那个名叫辻的学生，大概真的对鲤登明里抱有极为狂热的感情。

"不过她就是个幽灵成员，实际上跟退出无异。"

"有什么原因吗？还是因为其他部员对鲤登同学抱有抵触情绪？"

"不知道啊。她加入的时间很短，应该还不够做出什么引人注目的事。唉，原本她会加入也是看在辻同学的面子上而已，也许从一开始就没什么兴趣吧。毕竟，鲤登同学成天黏着图书馆管理员芳谷老师。"

"听说是进行文学讨论之类的？"

"好像是，这种太难的事情我也不懂。芳谷老师也真是，唉，不容易啊。难得满怀幸福地回国，与自己关系亲密的学生却成了杀人案件的牺牲者，这种事真是……是吧？简直就是从天堂坠入地狱一般的感觉。"

"是去欧洲旅行了，对吧？"

"是的。虽然还没入籍，但实际上就相当于新婚旅行了。"

"新婚？"

"哎呀。"日高慌忙捂住了嘴，"难道您还不知道这件事吗？"

"我听说过她现在在海外，可没听说是新婚旅行。"

据日高所说，芳谷朔美计划在这个秋天，与当地一家大型食品厂的公子濑尾朔太郎举行结婚典礼，并举办酒席。身为连锁企业集团会长的濑尾的祖父也是蓝香学园的股东会会长，听说这两人便是通过这层关系进行相亲，最终定下婚约的。

"这也算是嫁入豪门了吧？虽然结婚典礼还要等一阵子才举行，但据说因为她丈夫工作上的关系，秋天之后抽不出时间去旅行，所以决定暑假期间先进行一场婚前旅行。但是，就像我刚才所说，马上就要入籍了，实际上这就是蜜月旅行了。啊，不过，刑警小姐，由于她本人希望在暑假过后再正式地向教职员工和学生们公布，所以这件事还要保密啊，保密。唉，其实该知道的人都已经知道了，但还是……是吧？"

哎呀哎呀。回想起刚刚看到的小暮那稚嫩的面孔，七濑不禁觉得有些可怜。他是对自己已经失恋了一事仍然一无所知，还是正因为知道才故意不说出口，好避免再次受伤呢？

"这两位新人的名字里都有'朔'这个汉字啊。"

"是啊,这点也让人觉得很有缘,像命运一样。"

"耽误了您这么长时间,真是打扰了。啊,对了对了。"七濑又装作漫不经心地问道,"鲤登同学对男女交往是什么态度?我听说她对那种思春期的痴狂恋爱好像不太感兴趣。"

"嗯,我也有同样的印象。"

"那么,她完全没有和男生交往过?"

"那是当然,毕竟她那么黏芳谷老师。"

"啊?"

"不不,我不是指奇怪的意思。唉,其实多少也有一点那个意思。"日高脸上微微露出苦笑,似乎觉得自己失言了,然而并没有停止,"您看,特别是十多岁的女生,心中会有那种所谓的理想大姐姐,觉得自己将来也要变成那样。比起异性,她们更容易对同性心生憧憬。对鲤登同学来说,芳谷老师就是她的偶像。而对于辻同学来说,鲤登同学想必就是那种偶像。"

"确实,从您刚才说到的辻同学曾经哭着阻止鲤登同学提交退部申请的事来看,她应该也……"

"您也发现了啊。由于鲤登同学对芳谷老师太热情了,我觉得辻同学好像有些吃醋。当然这也不是那种奇怪的意思。"

离开日高家后,七濑又走访了几个同年级学生的家。然而不是没人,就是对此事漠不关心,没有什么特别的收获。

其中只有一个名叫秋叶知里的女生是个例外,她不但知道很多情况,还很乐意向七濑倾诉。也许是因为她与鲤登明里从初二同时转学到这里以来就一直同班的关系。

"明里她比较怪。"

"具体来说是哪里怪呢?"

"怎么说呢……该说是全能感吗？"

"全能感？"

"类似于想把这世上的所有事物都如己所愿地操控的感觉。"

"啊，原来是全知全能的全能啊。嗯，她说过那种话吗？"

"没有，我不记得她明确地说出过这种话，应该没说得那么直接。不过我记得听她说过非常类似的话。"

"如己所愿地操控啊，难道她会对戏剧和文学产生兴趣，也与这个有关？"

"不知道啊。不过，我到现在还不能忘记——是什么时候来着？我们在教室里兴奋地议论'吊天狗'的话题的时候，明里带着一副略显惊讶的表情走了过来——"

"等等，'吊天狗'是什么？"

"欸？刑警小姐，您不知道吗？"

"我第一次听说。"

"传说在某所神社里，有一株叫'吊天狗'的树，非常灵验。"

"灵验？对什么灵验？"

"哎呀，就是对在头上绑上蜡烛，用五寸钉'咚咚'钉稻草小人的那种仪式。"

"你是说丑时参拜①？"

"对对。当时流传说有一株树对这个仪式特别灵验，效果超群，就位于某个神社。嗯——记得是在去年秋天，还是冬天？反正就是

---

① 丑时参拜：一种诅咒仪式。方法是施咒者把代表诅咒对象的稻草小人捆在神社或寺院中的大树上，再在头上套一个上边插有点燃的蜡烛的铁环，身穿白衣，口衔木梳，往稻草人身上砸钉子。传说钉子砸进哪个部位，诅咒对象的哪个部位就会发疼。在仪式过程中如被人撞见，则会失效。因为这种仪式需要在丑时三刻进行，所以被称为丑时参拜。

那个时候，这则传闻一下子就传开了。"

这种事也可以被形容为"特别灵验"吗？七濑有些苦恼。

"是这样啊……'吊天狗'这个名字还真是奇妙啊。难道说以前有天狗吊在那棵树上吗？"

"唉，这就不知道了。"

"你说是去年传开的，这个传闻在高中生里很流行吗？"

"不只高中生，我妹妹还是个小学生，也知道这个，说学校里大家都在讨论。我妈妈似乎也听同街道的太太们议论过。与是小孩还是大人都没关系。"

"这则传言是真的吗？真的有这么一棵树？"

"应该吧。毕竟大家都在议论，说特别灵验。"

"灵验，是指在那里做'丑时参拜'很灵验？"

"实际上，据说真的有人因为自己的围巾被钉到了树上而死掉了。"

"啊？围巾？为什么？"

"据说与普通的做法不同，'吊天狗'使用的不是稻草人，而是只要是诅咒对象的所有物就行。而且，根据物品不同，还能够指定对方的死法。那个围巾被钉在树上的人，就真的因为被围巾缠住脖子而窒息死亡了。"

"真是吓人啊。那棵树到底在哪个神社？"

"就是这点不清楚。说法有好几种，比较有力的说法是，那是一棵山毛榉树。当时明里加入我们的谈话时，我们正聊到'如果是山毛榉树的话应该是那家神社吧？也有可能是这家神社？'，讨论得热火朝天。"

"那是什么时候的事？"

"嗯……是在放寒假之前,所以应该是去年的十一月或十二月。"

"鲤登同学对你们说什么了?"

"她吃惊地瞪圆了眼睛,说:'连你们都知道吊天狗的事了?'还说什么'比预想的还快啊'。"

"比预想还快,是指什么预想?"

"我们也这么问她来着,明里说编造'吊天狗'这则传闻的其实就是她本人。"

"编造?什么意思?"

"她对我们说,那棵名为'吊天狗'的树其实根本就不存在。什么围巾被钉在树上的人死掉了之类的,全都是假的。而散布这一谣言的,其实就是她本人。"

"鲤登同学这么说的?"

"嗯。不过她马上又说要撤回前言。"

"撤回前言?为什么?"

"谁知道。可能是因为我们的反应不是冷淡地说'你在说什么',而是显得有些没反应过来。所以明里才会慌忙说:'啊我开玩笑的,是瞎说的啦。抱歉抱歉,开了个无聊的玩笑,快忘了吧。'"

"哦。"

"但是,她改口速度之快,让我后来越想越觉得,反而……是真的吧?我不知道其他人是怎么想的,但我总觉得好像是真的。"

"你觉得那则传闻的确是鲤登同学编造的,对吧?"

"嗯。毕竟明里是个很能察觉周围气氛的女生,大概是觉得没有非让我们认同'吊天狗'其实是她编造出来的必要,就立刻收回了前言。"

"可说到底,她为什么要编造这种谣言啊?鲤登同学说过理由吗？"

"没有。不过现在想想，或许就是明里曾经提起过的，所谓全能感？她可能是想满足这种感觉之类的吧。"

"全能感啊。真有意思。自己编造的故事，全城的人都在为此着迷。看着那种情况，想必她能够体会到成了神的感觉。"

根据班主任小暮和日高老师的证言，鲤登明里给人的主要印象是一名容易被孤立的少女，连可以好好聊天的朋友都没有。然而，从知里的话来看，生前的鲤登明里只要愿意，就能够与其他学生进行平常的交流。

只是鲤登明里大概会严格选择交谈的对象，七濑想着。而知里看起来比较知性，是个能够以客观的视角看待事物的女生，生前的明里想必可以和她轻松交谈。

"也许与这次的案件有关。明里曾经说过，对自己不能为自己取名这件事，总觉得很没有道理。"

"刚出生时的确无法给自己取名，这是没办法的事，不过，也的确存在实在无法喜欢上自己的名字而改名了的人。"

"她还问过我：'作家之所以会取笔名，肯定是对这种没道理的事感到不满的表现，对吧？'我倒不是很懂，是这样吗？"

"也许吧。像是雅号、俳号之类的，作家经常会用别的名字来表现自我。"

"她还说：'说到底，自己明明没有期望，却被生到了这个世上，这件事本身就很没有道理。'此时我重复的这些话，可能会让您觉得她似乎总说一些让人心烦意乱的话。但其实明里是以开玩笑的口气说的，当时我也没怎么在意。不过现在想想看，她也许是在认真地发牢骚。她还曾经贬低过她的父亲。"

"她父亲？怎么贬低的？"

"明里的哥哥名叫三喜男，不过是长男。"

"这个我听说了。有什么理由吗？"

"貌似她父亲曾经有一个弟弟，但在很小的时候因病早逝了，名字叫次喜，下次的次，喜悦的喜。"

"原来如此。"平塚的疑问竟在意想不到的地方解开了，"是出于对弟弟的感情，才把儿子取名为三喜男啊。"

"但是，家长的这种心意对儿女来说却是个负担。这也是明里说过的话。她说，搞不好我就会被取名叫什么四喜子了。人生真是到处都是没道理的事，难道就没有哪怕一件能依自己的心意操控的事吗？"

"她会这么想可能也是人之常情吧。"

"这么说来，她还曾经说过，既然不能选择在什么境遇下出生，至少要自己决定以什么方式死亡。这种事，怎么可能做得到啊。从这次的事件也能知道，人生，真是不知道会在什么时候遭遇飞来横祸啊。"

至少要自己决定以什么方式死亡吗？这句话像一根刺一样扎入七濑的心。

"鲤登同学她，有在交往的男性吗？"

"男人？"知里"嗯"了一声，陷入了沉思，"又出现了一个和明里最不相称的词语啊。"

"她对男人没兴趣吗？那……难道她对女性更感兴趣？"

"非要说的话，感觉像是后者。啊，我想起来了，明里好像提到过男人的事。"

"谁的事？"

"不,不是特定的一个人。还是和刚才的全能感的话题有关,明里曾说过这样的话:'想想看,对于我们来说,只有操纵男人这件事十分简单。毕竟有身为女人这一武器,而且在如今这个时代,还多了个女高中生的头衔。'"

"这话我可不能只是听听就算了,难道,她卖过春?"

"我也是这么想的,就对她说:'什么?明里,你该不会想从那些大叔那里赚些来得快的小钱吧?快打消这个念头,不要贱卖自己啊。'然后——"

"然后?"

"她说不管是贱卖还是卖个高价,得到的都只不过是钱。那种东西,没有一点意义。对她来说,最重要的是能否在这世上拥自由自在操纵事物的能力,对象是什么都可以,只要有一个就足够。"

"自由自在操纵事物的能力……"

这么说来,怀孕就是测试操纵男人的能力的结果吗?

"只要生为女人,就能确确实实地操纵男人。然而,操纵男人得到的东西,譬如钱之类的,并没有什么价值……明里大概是想表达这个意思吧。她果然是个有些奇怪的女生。"

"假设,只是假设,鲤登同学想要测试那种能力,你觉得对方会是什么类型的男人?"

"这我不知道。不过,就像'吊天狗'事件一样,要是她的目的真是体验全能感,恐怕对方是哪个男人都无所谓吧。以明里的性格来看,我是这么觉得的。"

与知里告别后,七濑往文艺部的辻伊都子家里打了一个电话。

伊都子不在家,但据接电话的她的母亲说,她马上就会回来。七濑决定先赶往辻家,在那里等她。

"我去书店了。"不久后回到家的伊都子举了举纸袋,"如果可以,我想把这些书放到棺材里……是我希望明里一定要看的书。"

明明这里有位同学为她心碎成了这样。七濑在感到悲伤的同时,又不禁觉得如果自己站在鲤登明里的立场,搞不好会觉得很厌烦。

当然,推荐自己的喜好并没有错,但如果不能把握分寸,不明白每个人都有不同的兴趣,就会变成强行逼迫。大概伊都子一直希望鲤登明里能够喜欢自己,在鲤登生前便将这种感情强加于对方,连在她死后也……不对。

会这样想的自己,才是过于先入为主了,七濑反省道。伊都子哭着阻止试图退出文艺部的明里的轶事现在仍影响着她的判断,这可不行。

"刑警小姐,凶手……还没抓到?"

"一定会抓住的。为了抓住凶手,我们正在对鲤登同学的各种事情进行调查。我就直接问了,你知不知道有什么人对她抱有恨意?比如她有没有与谁因为什么事发生过矛盾之类的?"

伊都子的眼神游移不定,明显有话想说,却犹豫不决。

"要是想到了什么,请告诉我。我绝对不会让别人知道是从你这里听到的。"

"那个……明里她,"似乎这一句话让伊都子下定了决心,她态度一转,开始和盘托出,"明里她与图书馆管理员芳谷老师之间闹得很不愉快,您知道这件事吗?"

"不知道。我听说的是她们关系非常好,可你说她们俩闹得不愉快,是吵架了?"

"听说是因为明里写了本小说。"

"小说?"

"不太长,大概有五六十页原稿用纸吧。她当然第一个便拿去给芳谷老师读了,但据说小说的内容似乎触到了芳谷老师的逆鳞。"

"逆鳞?芳谷老师的?为什么?"

"我没有读过那份问题原稿,所以也不能说什么。不过貌似,那个……有非常过激的描写。就是那个,类似色情小说的那种,性方面的。"

"有成人内容啊。"

"而且,据说里面的登场人物,明显是以芳谷老师为原型。"

*

佐伯正身处明濑巡警的告别仪式现场。

凶手经常偷偷出席被害人的葬礼,但再怎么说,这次的被害人是警察,所以很自然,今天身着丧服出入现场的基本全是与警方有关系的人。在这种情况下,应该不会有穷凶极恶的罪犯敢大摇大摆地跑过来,但谁也不知道会发生什么事。

天很热。

身穿黑色套装西服的佐伯坐在会场后方的折叠椅上,在诵经声中不露痕迹地观察着前来烧香的吊唁者。

主持葬礼的是明濑巡警的母亲,奈穗子。听说明濑很小的时候,就只有母亲一人抚养,他是在单亲家庭里成长起来的。

奈穗子身旁,一名身着水手服的少女正在抽泣。是故人的妹妹,祐佳。据说哥哥的尸体被送回家时,她扑到棺材上不愿离开半步,哭了一整晚。

和女儿不同,葬礼的主理人奈穗子没有流下一滴眼泪,表现得十分坚毅。在母亲和妹妹的背后，是被菊花包围的明濑巡警的遗像，那张天真无邪的笑脸与亲属悲痛的身影形成了令人心痛不已的强烈对比。

在意识到对凶手的憎恶之情已经快要溢出来时，佐伯体会到一种危机感。对搜查官来说，没有比私人感情更碍事的了，只会蒙蔽自己的双眼。

不仅如此，只知道憎恨和愤怒的同时，自己正在逃避真正重要的事情。这才是问题所在。

我，不对，我们不会抓不到这名凶手吧……佐伯陷入不安，回过神来时才发现，他在试图逃避的，是自己的内心。

平塚在搜查会议上说过的话一直萦绕在他的脑海之中。明濑巡警，可能是被凶手引进屋的……

每当试图重新考虑这一假设时，佐伯都会感到一阵战栗。越是想要重新构建案件经过，越是无法模拟凶手的心理状态，这种经历还是第一次。

搜查团队目前的行动前提是凶手的目标是鲤登明里，而明濑巡警只是不走运被卷入案件之中。所以他们才会拼命地对鲤登明里的交友关系，特别是对使鲤登明里怀孕的男人的身份进行调查，在明濑巡警方面则没有投入多少力量。然而……

然而，如果凶手的目标正相反，会怎样？如果并不是偶然，而是凶手从一开始就计划杀害明濑巡警呢？

这种假设太荒唐了。但是，如果这样考虑，有些谜团就能说通了。

为什么凶手要把明濑巡警引到鲤登家里？不为别的，就是为了杀害他。

而且，事先把鲤登明里的尸体搬到客厅的原因也很明显了，也就是说,那是为了把明濑巡警引进不引人注目的室内的诱饵。

能解释得通。然而,荒唐……这也太荒唐了。

佐伯的思路总是在这里陷入反复循环的地狱之中。如果是这样,那么凶手的真正目标是明濑巡警,受到牵连的反而是鲤登明里?也就是说,凶手有可能只是为了将明濑巡警引入室内而杀害了鲤登明里。

这种荒谬绝伦的事情真的有可能发生吗?即使不杀多余的人,把巡警引入无人之境的方法不也多得是吗?更何况,那天明濑巡警会去鲤登家拜访的事,凶手是怎么提前知道的……开始陷入混乱的佐伯突然回过了神。

他的视线被刚刚进入葬礼现场的一对男女的身影吸引了。

一位是二十岁左右的年轻女子,高挑得令人需要仰视,身材好到不像是日本人。丧服连衣裙下的身躯十分苗条,黑色丝袜包裹着的双腿不仅纤细,还十分优美,富有表现力。

和这位美得令人忍不住屏住呼吸的女性走在一起的青年也是二十岁左右,瘦小身体上套着的丧服像是借来的,看着十分不合适,与那位把再普通不过的黑色连衣裙穿成最新时装的女性同伴形成了鲜明对比。

青年不知是不是有什么沉重的心事,显得有些精神恍惚。那位女性把手轻轻地放在他的肩上,带着他向敬香台走去,那样子就像在照顾生病的弟弟的贴心姐姐。

嗯?佐伯歪了歪头。这两个人,似乎在哪里见过……对了。

想起来了,是去年的圣诞节。

佐伯无意识地站起了身。

他追向烧完香后正要离开会场的两人,叫出了声。

"你们两个,等一下……"

RENDEZVOUS 3

离约定的晚上八点已经过去了大约四十分钟。就在祐辅束手无策,觉得对方搞不好不会来了的时候,等待的对象终于出现了。

"哎呀,不好意思,迟到了这么久。"盛田清作随意地举了举手,坐在了祐辅旁边的吧台座上,"杂事比我想象的还多。"

"没事。"

祐辅一下子放下心来。有多少年没有如此发自心底地感到安心了?虽然事前对方说过"我可能会迟一点,你只要跟店里的人说你跟'COTEC'的盛田约好见面就可以了",然而没有比刚才的情况更令人感到不自在的了。

"我才是不好意思,在您这么忙的时候还约您见面。"

八月二十三日。

五天前的十八日,与小池先生一起来到洞口町的祐辅,临近十二点时看到一名男子悠闲地走进儿童公园,突然灵光一闪。

毕竟,那个时间段一般来说应该没什么人,更何况对方是一个穿着白衬衫、系着领带、手里还拎着皮包的典型上班族。他走向长椅的样子看起来对此地十分熟悉,可以看出这是他的日常习惯。

祐辅抱着被拒绝的心理准备向男人搭话,说了声"不好意思"之后问:"莫非您是昨晚那起案件的目击者?"结果,居然正中目标。

祐辅向对方介绍自己是安槻大学的学生,而且是死去的曾根崎洋的熟人之后,问对方是否能聊一聊关于案件的事。这位自称叫盛田的男人意外爽快地答应了下来,只是说今天太累了,打算抽根烟后就直接回不远处的公寓休息,希望改天再聊。"最近工作比较忙,说不好什么时候能有时间。等我抽出空了再联系你,好吧?"盛田记下了祐辅的电话,那晚两人姑且就此作别。

等待盛田联络的日子里,祐辅尝试着联系了好几次狮子丸,但对方似乎正因曾洋的葬礼和后续琐事忙得不可开交,一直没能联系上。祐辅也不是没想过干脆直接去叶世森町走一趟,然而他不想贸然打扰逝者家属,再加上万一在他离开时错过了盛田打来的电话,那可就麻烦了。

他也向学校里的其他学生打听过那个与曾洋交往过的女性,但大家虽然对此有所耳闻,却没人知道那名女性的真实身份。

忙来忙去,转眼就过了五天,开始感到不安的祐辅终于在二十三号早晨接到了盛田打来的电话。盛田说"今晚应该有空",祐辅便来到了盛田指定的碰头场所——"月柳"寿司店。

小池先生要陪叔父叔母去温泉旅行,负责为他们拎包,所以没能与祐辅同行。"哇,是那家享誉盛名的'月柳'吗?真好啊!学长,我也很想去那里来着,可恶……"小池先生由于错失难得的好机会而遗憾不已,但也许他没来是正确的。回转寿司店的话还好说,规模这么宏大的寿司店,走进去比想象中更需要勇气。更何况等的人迟迟不来,祐辅只能小口地舔着瓶装啤酒,坐在白木质的吧台座上发呆,那滋味可真是如坐针毡。就算已经和店家说了是在等人,祐辅还是觉得很难熬。

有其他客人在时情况还算好。坐在祐辅旁边的几个看起来像是常客的中年男性聒噪地聊着天:"这世道还真是不太平啊,哎呀。""哦,你是说昨天那事?是怎么回事来着?有警察被杀了?""不仅是警察,还有一个女高中生也一起被杀了。""真可怜啊。""一下子杀了两个人,居然真有人敢做出这么可怕的事,可要快点儿逮住他才行啊。""唉,真是世界末日到了啊。"那时他还可以躲在这些闲聊的人背后。然而,这一行人大吃特吃后立刻起身离去,留下祐辅孤零零地坐在吧台座上。

店员们并没有给他白眼,身着和服的女招待也一直微笑着,自然地给他倒茶和更换毛巾。不知是不是对什么都没点的祐辅的关怀,寿司师傅还给他上了一盘萝卜丝、紫苏和梅肉混合的小菜,对他说:"请,送给你的。"原本似乎是加在两道主菜之间吃的。

就是因为店里的气氛这么好,反而让祐辅更无所适从。最令祐辅难以忍受的是,店内完全禁烟,连个烟灰缸也看不到。与这种高级场所无缘的祐辅无法判断是寿司店大多如此,还是这家店比较特殊。连烟都不能抽,只能苦苦等待,这已经不是闲得慌的程度了,简直可以说是一场酷刑。

祐辅还算有些自信,也是个坚强的人,此时却也精疲力竭、疲惫不堪。导致盛田出现的时候,终于可以松一口气的他全身都松懈下来,差点儿哭出声。再加上盛田没系领带,一身休闲装,这对正因自己穿着与场合不符的Ｔ恤牛仔裤而苦闷的祐辅来说,简直是天降甘霖。

"哎呀,你怎么……"盛田看了看祐辅的手边,"怎么只有啤酒?啊?还什么都没点啊?真傻,来来,多让人家给你做几个寿司,随便点你喜欢的。还是说想来点儿下酒菜?"

从盛田递来的名片来看,他就职于一家贩卖兼出租ＯＡ相关机器的公司，在当地算是最大的。由于这家寿司店就在公司附近，所以他经常在这里招待客人。这么说来，今天他大概也打算用公司的经费来请祐辅吃饭吧。但就算真是这样，祐辅也无法放开手脚尽情点单。

"现在这个时节，果然还是得吃竹荚鱼啊。石鲈和红甘鲹似乎也很好吃。幼鲦鱼还有吗？鲍鱼和海胆也不错啊。"

光是听到鲍鱼和海胆，祐辅就吓得白了脸。在这种店里吃一顿，到底要花多少钱啊？

"那么，"盛田摘掉眼镜，用毛巾擦了擦脸，以充满好奇心的眼神看向祐辅，"你想和我说什么？"

"对、对哦。首先，总之……"

最终，祐辅决定点和盛田一样的寿司，他点鲽鱼的话自己也点鲽鱼，他点鳗鱼的话自己也点鳗鱼。比起非要客气，拼命寻找相比之下更便宜一点的东西，还不如这种方法来得稳妥。

"总之，我想先问问您关于那名女性被害者的身份。"

"这我可就帮不上忙了。"

"是您不认识的人吗？"

"完全不认识。"

"您看见她的脸了吧？"

"周围很暗，借着路灯的光看见了个大概。"

"是什么样的感觉？年轻人，还是上了年纪？"

"要说年轻的话……还算年轻吧。"

"像学生那种？"

"毕竟我没看得太仔细，"盛田猛地吞下一口温酒，"不好断定。不过说是学生太勉强了。估计跟我差不多大。嗯……可能因为她穿着朴素的运动服和运动裤,怎么说呢,显得有点土,所以感觉有点老。"

"运动服加运动裤啊……"

"我和警察也说过,她应该是在跑步。我以前也见过她。"

"这个我听说了,而且总是在同一时间。不过那是快到十二点的深夜吧,那个时间,女性自己一个人跑步……"

"是吧?很危险对吧?唉,虽然现在想想确实是,但在遇到这种事情之前,我也没怎么担心过,她应该也没想太多。没想到就在与往常一样跑步时被突然袭击,拉到了灌木丛后面。看来,在如此平静的住宅区里也不能大意啊。"

"盛田先生,您每天都那个时间回家吗?"

"嗯,基本每天都是。"

"然后在公园的长椅上抽一根烟,再回公寓?"

"没错没错。"

"除了那名女性被害者,您还看见过其他在那个公园附近跑步的人吗?"

"没,一次都没有过,至少在晚上没看见过。早上似乎经常有人跑步,毕竟那一带对居民来说是再好不过的跑步和健走路线。"

"也就是说,平时没有人在那个时间段出现在公园附近?"

"应该没有。就算有,也和我的回家时间不重叠。哎呀呀。"无意中拿出了香烟的盛田苦笑起来,慌忙把香烟塞回了口袋,"不好不好。"

"我也快要产生戒断反应了。"

"啊?你也抽吗?"

"可不仅仅是抽的程度。"

"哈哈哈,重度烟瘾患者?"

"我也想过戒烟,不过鉴于我爱得要死的女人劝我戒烟都没成功,所以已经完全放弃了。"

"是嘛是嘛。那个,你是叫边见吧?你,能喝酒吗?"

"挺爱喝的。"

"那待会儿我们再去另一家?"

"我当然没问题。"

"那先在这家专心吃饭,详细情况等我们到了能抽烟的地方再说,怎么样?"

"好的。"

没想到会被邀请去第二摊。比起爽朗或不认生,盛田似乎更像是因为得到了一个能够发泄日常繁忙积累的压力的好机会而兴奋了起来。之所以会那么爽快地答应祐辅询问案件经过的请求,可能也是因为他没有能在工作之余一起喝酒放松的对象的缘故。

学着盛田的样子,祐辅也点了海胆和鲍鱼。接着两人都以金枪鱼中腹部收尾。

离开"月柳"时,祐辅压抑不住好奇心,偷偷看了看盛田正要收进钱包里的写着公司抬头的发票,上面的价格只能说像是小孩开玩笑胡乱写上的。

祐辅又被盛田带到了位于繁华街背后小胡同里的酒吧。是一家有些土气的小店。

在角落里的一张桌子坐下之后,盛田一脸自在地迅速叨起一根烟。

"哦,谢谢。"祐辅用打火机给他点上火后,他的心情更好了,"哎呀真好,真是太好了。真舒心啊。嗯……"

"说起来,盛田先生,您今天打扮得很休闲啊,您不是直接从公司来的吗?"

"嗯?不不,我平时经常穿成这样上班,尤其是夏天。当然,需要见客人的时候,还是会好好地系上领带。"

盛田对一个似乎是他认识的服务员说了一声"老样子"。祐辅也采取和刚才一样的方式,说"我和他一样"。不久后送上来两人份的"曼哈顿"鸡尾酒。

"是嘛是嘛,原来你也是无法戒烟一族啊。"盛田吐了一口烟,完全放松了下来,"然后呢?你跟女朋友吵架了吗?人家让你戒烟,然后你回人家'不,我不戒'?"

"没有没有。"给自己也点上一根烟,面露苦笑的祐辅心里有些苦涩,后悔刚才在"月柳"的多嘴,"那家伙不是什么我的女朋友,而是已经有了……那个……对象。"

"什么嘛。可你刚才不是说你爱得死去活来的吗?"

"只是我单方面的啦。"

"是单恋啊。"

"是的。"

"这样啊、这样啊。不过,搞不好从长远来看,这样更好。毕竟单恋最终还能变为美好的回忆啊。就算是与喜欢的对象两情相悦,经历过一场轰轰烈烈的恋爱,最终结了婚,也不一定就能得到幸福,真的。比如说我的老婆,那可真是……"

"您当年经历了轰轰烈烈的恋爱啊?"

"不知道算不算轰轰烈烈,唉,总之是职场恋爱。那时真好啊。光是背着同事约会,都觉得特别开心。然而在顺利结婚之后,辞职在家的她就变成了像鬼一样的妻子,而我则成了一个妻管严的丈夫,一下子就成了世间常有的夫妇模式。"

话越来越多的盛田进入到怒涛般的抱怨模式。他说他之所以养成了回家之前要去那个公园抽一口烟的习惯,也是因为怕老婆的缘故。

"只要我一不小心在家里抽了烟,我老婆就会说个没完没了,真是难以忍受。原因是担心丈夫的身体健康也就算了,她居然说是因为在房间里吸烟的话,日后卖房的时候必须得把墙纸重贴一遍什么的,你能相信吗?"

"您家的公寓是新建的,而且刚买不久,对吧?是去年买的?那我知道真正的原因了。您的妻子并不是担心卖房时的问题。"

"嗯?什么意思?"

"不仅住房,什么事物都是一样的,崭新的时候,哪怕只有一点污渍或伤痕,都会让人非常在意不是吗?就像如果买了一块高级手表,肯定会忍不住一有时间就打磨个不停。总的来说,您的妻子现在就是这种心理。"

"啊对对,原来如此。"

"再过个两三年,您的妻子就不会在意什么墙纸会被尼古丁弄脏之类的小事了。"

盛田似乎觉得祐辅的乐观言论很有说服力,脸上笑开了花。"其实她是个很好的妻子,嗯。家务也做得很完美,从这点来看,实在没什么可说的。"他说着,一下子转入秀恩爱的模式,"现在她会对我吸烟的问题过于敏感,大概也是因为她对打扫和洗衣抱有一种近乎完美主义的使命感,有点过头了。不管怎么说,毕竟是宝贵的新房子嘛。"

"是的,肯定是这样的。作为一名家庭主妇,她肯定希望能够按照自己的设想,好好地维持家里的清洁。"

"哎呀,真是学到不少。而且,遇到那种事情之后,一想到自己搞不好也会遭遇危险,我就下定了决心,戒掉深夜跑到公园抽烟的习惯。我真的下了决心,在那件事发生之后。但是习惯真是可怕的东西,第二天,虽然也是因为喝了一点酒,总之我的身体在我意识之前已经擅自行动了起来,做出了和平常一样的事。"

"啊!"

多亏他这样,祐辅才得以与事件的目击者顺利相识。不过,似乎盛田更加感谢这场相识。

"真好啊,能和你聊天,简直让人茅塞顿开啊。"

"过奖了。那个,抱歉,又要回到刚才的话题,盛田先生您住的公寓是叫'洞口之友'吧?您在公寓里见过那名女性被害者吗?"

"没有。"

"但是您也无法断言她并不是那栋公寓里的居民,对吧?"

"那是当然。就算她不住在'洞口之友',也有可能住在附近的某栋楼。不过无论如何,我们可能永远无法知道那名女性的身份了。"

"是吗?"

"你想啊,只要她本人不站出来,我们就找不到她啊。"

"嗯,也许……是这样吧。"

"本来这对她来说就是难以启齿的事,再加上虽然并非出自她的本意,但嫌疑人死了,除非有特殊情况,否则她是不会主动站出来的。说到底,新闻的报道方法也很有问题啊,就是那篇报道。"

"怎么说?"

"那篇报道的语气不就像在说,嫌疑人的死亡是她一手造成的吗?还说什么不知是否是防卫过当之类的,我是亲眼看见的所以知道,他们写的那些东西,压根就是在找茬。"

据盛田说,那名女性被害者试图逃跑时确实撞飞了跨坐在自己身上的曾洋，但并没有顺势用刀刺他。

"他被撞飞后想要起身，却再次倒下，还不慎倒在了腹部下方的刀上，这是在那名女性跑出公园之后发生的事了，你明白吧？这样来看，他的死与那名女性一点关系都没有。"

"确实如此。"

前提是盛田的记忆没有出错，但这一点祐辅当然不会说出口。

"虽然在你这个嫌疑人的熟人面前说这种话可能有些残酷，可是他的死就是自己的问题。就是因为媒体还在议论什么到底是正当防卫还是防卫过当，才会使被害者无法安心地站出来，真相也无法查明。就我个人的意见，我觉得那名女性最好以后也不要出于什么良心不安之类的理由站出来，因为她没有任何过错，不需要再遭受更多不必要的伤害。"

虽然听起来很有理，但祐辅还是无法释怀。

"那个，我问一个听起来比较奇怪的问题。"

"嗯。"

"假如我们假定，盛田先生您，与认识的女性约好深夜十二点左右在那个儿童公园见面——先不用考虑为什么见面。"

"哦，然后呢？"

"可想而知，那个时间段、那种场所，她应该不会随随便便答应您的邀约。"

"这是当然。"

"那么，用什么借口才能说服她呢？有什么好办法吗？"

"嗯……是哦……这样怎么样？比如她要向男方借钱，男方答应了她，并命令她在午夜十二点左右来儿童公园。虽然她可能会因这可疑的要求面露难色，但也只得勉强答应。"

"借钱啊……"

"当然这只是我的一个想法。总的来说，就是有没有能让她上钩的诱饵吧。"

"是啊，没有这种王牌很难成功啊。必须要有能够说服女性在大晚上到荒无人烟的地方见面的王牌。"

"王牌……是啊。或者是男方手里握着可以威胁女方的把柄……之类的。"

"威胁？"

"比如见不得人的照片之类的。如果不想公之于世，就给钱，不然就肉偿什么的。要是被以那种事情敲诈，就算要深夜在无人的场所见面，也不得不去啊。"

祐辅回想起十七号晚上，曾洋在付完"三瓶"的酒钱后几乎空空如也的钱包，不禁有一种微妙的真实感。当祐辅提出替他垫付时，曾洋笑着拒绝说"不，不用了"。那难道是接下来要去"搜集资金"的人特有的从容笑容？要真是那样……不。不不，怎么可能有那种事。

"当然，所谓的威胁也只是举例而已。什么都行，总之，只要男方有能占据优势地位的材料，就足以把女方叫出来。反过来说，如果没有这种王牌，就很难把女方约出来，或者说通常是不可能做到的。"

"是啊。"

"不过，既然你会这样假设，难不成那名女性被害者与你那位死去的朋友有可能之前就认识？"

"不……"

盛田兴致勃勃地看着微微摇头、陷入沉思的祐辅。

"说到底，你究竟想要干什么？"

"啊？什么干什么？"

"我是问你调查被害者的身份干什么？既然不是追究使你朋友死亡的责任，难道你是希望那名女性至少去上炷香之类的？"

"不，不是为了这个。只是，无论如何都想不通。"

"什么？"

"所有事情。或者说这件事为什么会发生。"

"有什么为什么的。抱歉，我说得比较直接，男人袭击女人，理由不就只有一个吗？不过他是拿着刀威胁，所以也有可能是以抢夺财物为目的。"

"就算真是那样，我也无法接受他为什么特意要在那个夜晚，走到洞口町。"

在听说当天曾洋在学校附近的居酒屋与祐辅他们一起喝过酒的事情之后，盛田更加兴致勃勃了。

"哦，原来如此。在学校附近。而且他身上还没有可以打车的现金。"

"特地走了四十分钟左右，这说明他肯定抱有某个确切的目的。但是那目的竟是施暴或抢劫，您不觉得这有些奇怪吗？"

"嗯，确实。毕竟又不能保证只要走到洞口町，就会看到毫无防备、独自跑步的女性。"

"是啊。所以，那两个人是事前就约好的，这个想法更加合理。"

"也就是说那两个人以前就认识。"

"详情我不知道，但有传闻说曾根崎生前曾与一名比他年长的职业女性交往，并因为关系破裂而烦恼不已。我在想，搞不好他约好在公园见面的女人就是那个前女友……"

"年长的女友啊……"盛田吐出一口烟，摸了摸下巴，"要是女性被害者的年龄与我相仿这一印象没有错，那么这种可能性也是有的。这么看来，虽然不知道是不是因为痴恋纠葛，总之是因为男女关系的纠纷而发展成了持刀伤人事件啊。"

"或许是吧……"

"这样的话，倒不如回到刚才那个话题，他可能握有那个女人的把柄，并利用把柄把她叫到了——嗯？不对，要是这样，事情就简单了。"

"怎么说？"

"应该是反了吧，就你说明的情况来看，被叫出来的是男方啊。"

听到盛田指出的这一点，祐辅感到愕然。他为自己至今为止从来没考虑过这个可能性而感到十分惊讶。

"曾根崎……是被叫出去的？"

"肯定是这样啊。重复刚才提到的，毕竟在那个时段、那种场所，就算男方邀约，女方也不会答应。但是，要是提出见面的是女方，就完全不一样了。如果是女方说想见面，男方肯定不会多想，立刻会美滋滋地火速赶去，即使地方稍远也不会在意。"

"被她……叫出来。"

"他会从学校附近的居酒屋徒步走到洞口町，不就是最好的证据吗？"

被盛田这么一说，确实只有这一种可能。祐辅咬牙切齿地想着为什么自己没有想到这么简单的事情。

"那么，既然是女方把他叫出来的，为什么还会发生那种事？"

"男方当然是期待着香艳的发展，然而女方并没有那个打算。不管她具体是怎么想的，肯定是出于完全不同的目的。两人之间的想法落差发展为争吵，最终变成挥刀相向……"

"但是，抱着对甜蜜约会的期待出发的曾根崎，到底为什么会准备刀呢……"

祐辅不由自主地"啊"了一声。

"怎么了？怎么了你？"

"刀……"

"嗯？"

"曾根崎手里的刀，是什么类型的刀？"

"我也没拿在手里仔细看过啊。不过，好像是一把很普通的三德刀。"

"这么说来，并不是折叠式或弹出式的？"

"不是，刀刃还要再长一点。"

"他挥着那把刀？"

"对。像这样，跨坐在那个女性身上。"

"那把刀是从哪里得到的？"

"你问我，我怎么知道？"

"在居酒屋门前和我分开时，他可是两手空空啊。"

十七日晚，曾洋与现在的祐辅一样，穿着T恤搭配牛仔裤的夏季轻便装扮，手上没拿任何能够装刀具的小包或手提袋。

"嗯？那他会不会是先回了一趟家，然后再去的呢？"

"应该没有那么多时间。他住的公寓与洞口町在完全相反的方向，中间夹着学校。"

"也不可能是途中买的啊，因为他没有现金。唉，而且那么晚了应该也没有店还开门。"盛田发出有些放肆的笑声，"难道是路上捡的？"

难道……一个疑惑在祐辅的胸中形成黑色的旋涡。

＊

没有。

没有，可恶，没有。

为什么没有？偏偏在这种时候。与盛田分开后，祐辅拼命地寻找公共电话。

他想尽快与那位名叫七濑的女刑警取得联系，早一秒都好。他已经焦躁到了完全没有"已经快半夜十二点了，明天再打吧"的观念的地步。

由于刚才的酒吧里没有电话，所以他走到了出租车和代驾车辆聚集的繁华区林荫道。人行道上有很多电话亭——理论上来说应该是，然而……

第一个和第二个被占用了，第三个也有人在用，祐辅选择等待。但这么一来不知道要等到什么时候。电话亭里站着一个打扮得像身在深闺的大小姐一般的女孩，用与她的外表极不相符的低沉粗哑的嗓音，不带抑扬顿挫地反复说着几乎同一句话："所以，我不是说了在这里等着你吗？你赶紧来就对了。"机械得像一台坏掉的录音机，有些令人害怕。是跟男朋友吵架了吗？

祐辅只好放弃，去找下一个电话亭。可就是找不到，看到的都有人使用，不然就是故障中。

人要是不走运，真是喝凉水都塞牙。祐辅焦躁地猛跑，突然回过神，发现自己已经在不知不觉中回到了学校附近。

不然干脆回家打电话吧，祐辅一边想着一边无意识地抬头望去，发现眼前是一栋很眼熟的单身公寓。

这里是……虽然也稍微踌躇了一下，但祐辅抑制不住心急，走上台阶，向小兔，也就是羽迫由起子的房间走去。

她会不会已经睡了？或不在家？有可能。但门旁的小窗透出灯光，祐辅下定决心，按下了门铃，又"咚咚咚"地轻敲了两下门。

他等了一会儿，房门轻轻地开了，但门链依然拴着。

露出半张脸的由起子在认出祐辅时惊讶地叫了声"学长"，又因顾及邻居而压低了声音，问："怎么了，这么晚来？"

"抱歉。"祐辅也压低了声音，双手合十垂下了头，"真的很抱歉，电话、借我一下。我遇到了急事。"

"电、电话？可以是可以。"

大概是感觉到了紧张的气氛，由起子拿下门链，让祐辅进门。她似乎还没睡，穿着polo衫、短裙和藏青色长袜。

虽然祐辅曾在酒会之后送她回过几次家，来过这栋大楼的门口，但进入由起子的家，这还是头一次。

穿过小型厨房的由起子一边说着"给你"，一边拉过电话线，把放在台子上的电话整个儿递给了祐辅。

祐辅考虑到进放着床的卧室不太好，就抱着电话坐在了厨房的地上。

他试着给安槻警署打电话。一看表，已经十二点过三分了，是新的一天了。

祐辅抱着扑空的准备，没想到七濑居然在警署，似乎另一起案件的搜查会议刚刚结束。

"抱歉在这个时间给您打电话，不过我有非常重要的事。是关于曾根崎的案件的。"

祐辅先交代了十七日晚上，曾洋在居酒屋前与自己分开时两手空空，现金都花光了的前提，又一口气把自己也试着从"三瓶"走到洞口町的儿童公园，能够证实曾洋应该没有时间中途去准备凶器刀具的事都说了出来。

"也就是说，凶器只可能是那个目前被认为是被害者的女人准备的。这样来看，并不是曾根崎袭击了她，正相反，是那个女人想要杀死曾根崎，难道不是这样吗？"

"你是想说，曾根崎进行了一番抵抗，在夺过凶器试图反击的时候碰巧被人目击，是吧？"

起初七濑只是困扰地叹着气，但渐渐的，似乎也开始认为祐辅说的事实不容忽视，电话那头的语气逐渐变得认真起来。

"没错。"祐辅趁势说得更加起劲，"他拼命夺下凶器，试图压制住那个女人。但在目击者盛田先生的眼中，就像曾根崎正在袭击那个女人一样。"

沉默了半晌，七濑似乎苦笑了起来，说道："你居然知道目击者的名字。"

"我刚与他本人见过面。"

"虽然我不知道你是怎么查到的，不过你的行动力还真是惊人。"

"原本在这点上我怎么也想不通，但在和盛田先生聊过之后，我确信了。曾根崎不是加害者，而是被害者。"

"记得上次见面时你也说过，那两个人有可能之前就认识，因为在居酒屋前和大家分开的时候，他的语气像是接下来还约了人见面一样。"

"没错。"

"听你这么一说，在那种情况下，女方约男方出来见面，确实比男方约女方更容易实现。"

"是的。曾根崎是被那个女人叫出来的，这不会有错。"

祐辅突然意识到，由起子弯着腰一点点靠到了自己身边，正贴在话筒旁边侧耳倾听。

"准备凶器的也是那个女人。她明显是想杀掉曾根崎。"

"如果真是那样，你肯定想洗清朋友的冤屈，你的心情我很能理解。但在此之上，我不得不说一句，你说他两手空空，且手里没有现金，这一切都只是你的记忆。"

"您是说缺乏可信度？"

"要是让我不客气地直说的话，是的。然而，不管怎样，都必须先找到那个女人。毕竟不管发生了什么，已经有人因为这件事死了。"

"关于这点，曾根崎生前曾经交往过的那名女性——"

"她跟这件事无关。"

"无关？咦……咦，那个，您是在说那名年长的职业女性吗？"

"虽然我不能说得太详细，不过是的。她跟这次的事件一点关系都没有，这点已经得到了证实。"

与试图联系似乎知道些什么的狮子丸未果，只能陷入僵局的祐辅相比，警方似乎已经抢先对那名与曾洋交往过的女性进行了问讯。说起来自然也是理所应当。然而，可能因为被否定得太过彻底，祐辅总觉得无法接受。

"那个，关于凶器，有没有检测出指纹之类的？"

"能确定的有曾根崎洋的，和另一个人的。"

"是那名逃走的女人的指纹吗？"

"还不能断定，不过应该是吧。"

"比对过了吗？"

"当然，但唯一能知道的是此人没有前科。"

原来如此，是这样啊。想必警察已经把曾洋前女友的指纹和凶器上残留的指纹进行过比较，但并不一致，所以才做出了她与这次的案件无关的判断——祐辅此时想到了这样的解释，并在心里接受了这一说法。

"现场有没有其他遗留物品？"

"喂喂，你可别太放肆了。你应该也知道，我们是不能把搜查内容随便说给普通市民听的。虽然我已经说了很多了。"七濑"哈哈"干笑了两声，"总之，我知道你想说的事了，会好好记在脑子里的。"

"拜托您了。"

"还有什么事的话再联系我。我把我的传呼机号码告诉你。"

"好的。嗯，那个……"

由起子立刻把圆珠笔和便笺纸递给了慌张的祐辅。

"您请说……好的……好的。我知道了。那我也把我的电话号码告诉您。"

"那就不用了。"

"哎呀呀，您不用客气。"

"我没跟你客气。"

"好好好，您不要想太多好吗？"祐辅自顾自地把自家电话号码报了出来，"就是这个号码，您随时都可以联系到我。当然不仅限于交流案情，私事也可以。"

"说起来，你现在难道在女朋友家？"

"嗯？啊不，不是的不是的。是朋友家。"

"总觉得从刚才起就有女性的气息传来。"

"确实如您所说，是个女性朋友……您、您还真清楚啊。"

"在这方面，我的直觉可是常人的两倍。要是你有女朋友，以后可不准再向我搭讪了。"

"都说了不是了,只是普通朋友啦。"

"嗯……这么晚了还待在人家家里,还硬要说不是女友只是普通朋友?完全没有说服力啊。"

"都说是真的了。我只是来借电话的,您相信我吧。不然我现在就换她来接——"

"我知道了、我知道了。我可能是太累了,开始说胡话了——不,应该说是无所谓的话。那么,再见了。"

"啊……啊啊啊,等、等一下——"

对方已经不由分说地挂断了电话。

祐辅叹了口气,但至少把悬而未决的事情告诉了七濑,总算安心了一些。

"到底……"由起子仔细地凝视着他的脸,"你到底在调查什么事情啊,学长?"

"没有……"

还回电话,祐辅重新看向由起子。两人有大约一个月没见面了。

平常把长发编成三股辫的她此时头发披散在肩上。不知是不是出于这个原因,她散发出一种与明明是如假包换的大三学生,却一直被误认为是中学生,甚至小学生的稚嫩容貌不符的成熟气息,令人难以想象她的外号小兔的由来是因为她就像兔子玩偶一样纯真无邪、惹人怜爱。眼前的她反而显出一分苍白的妖艳感。

"小兔,你是不是瘦了?"祐辅像是不经意间偷窥到友人意外的一面一般,产生一种复杂的内疚感,赶紧故作轻浮地说道,"有没有好好吃饭啊?"

"唔,这么说来,最近可能吃得有点少。"

"那可不行啊。嗯,不行。不好好注意胃和肝脏可不行啊①。开玩笑的啦。"

听到祐辅说出这种令人窒息的冷笑话,由起子终于不再紧张,笑了出来。

"因为……学长你都不邀请我去酒会喝酒啊。"

她的语气有些撒娇,仿佛在打趣,刚才的妖艳气息就像幻觉一样消失了。现在在眼前的是和往常一样惹人怜爱的小兔。

"啊呀,果然还是应该邀请你来着。可真是抱歉,我以为你还在消沉呢,看来是我多虑了。"

"消沉什么的倒是没有,不过匠仔就算了,连高千都不在的酒会,我就算特意跑去也……"

"好了好了,真是不好意思啊,只有我这个没有让你特意跑来的价值的人在。"

"哎呀,什么嘛,你怎么总是这样故意打岔啊,学长。刚才的电话是怎么回事?对方好像是警察?"

"其实前一阵子我们聚了一次,有一个参加成员……"祐辅把曾洋的事简单地说明了一下,"就是这样。"

"那件事我在新闻上看见了,报道里只说死去的男子是个大学生,但有传言说好像是安槻大学的学生。"

"虽然报道里说他是试图对女性施暴,误将自己刺死,然而就像我刚才对刑警说的,那样解释实在太奇怪了,道理上说不通。所以,我才想想些办法——"

"为他四处奔走,找到真相?"

---

①日文中的"胃(い)"和"肝脏(かんぞう)"的发音连起来与"不行(いかんぞ)"的发音类似。这里祐辅是说了一句谐音笑话。

"嗯,差不多。"

"学长你真是爱管闲事啊……跟以前一样。"

"没办法啊。他本人已经死了,什么都做不了。如果生者不为他做点什么,他就要永远背负冤屈,无法升天了。"

"曾洋同学,"由起子从祐辅身边离开,坐到了地上,"是去年的新生吧?原来他也去过学长举办的酒会啊。这么说来,我可能也见过他?"

"应该是。他也知道小兔你的事。"

"哦?"

"说起来,关于你,他还说过很有趣的话。"

"关于我?"

"在曾洋眼里,你似乎是个魔性之女哦。"

"魔性?像、像我这种万年幼儿的体形,到底怎么会成——"

"他猜测,高千和匠仔他们两个人,都深深地爱上了你。"

"啊?"

"他还担心那两个人围绕着你展开的争夺战会不会马上发展成刀剑相向的地步了呢。"

由起子大张着嘴,不知是该爆笑还是该愤怒,一时陷入混乱之中。

"抱歉,我说了多余的话。"祐辅依旧盘腿坐在地板上,身子靠着小型冰箱,"其实在那之前我也没多想,不过你们三个最近都不来参加酒会,大家便肆意揣测,觉得可能发生了什么事情。"

"什么事情……是指我们三个人之间吗?"

"怎么会,是分别指你们每个人啦。把你们三个凑在一起瞎猜的,就只有曾洋一人。"

"学长,你有好好解释那是误会吗?"

"你是说曾洋的胡思乱想？我当然解释了，说那种事根本不可能，可其实根本不用我来解释，谁都没有把他的话当真，就连小池都震惊地说他的构想实在太新鲜呢。"

"不过，既然都被说到这个份上了，不如干脆把这个误会原封不动地散布出去好了。同时坐拥高千和匠仔两个人，嗯，好像不错。"

"什么？喂喂喂。"

"开玩笑啦，玩笑。"

"好吧好吧。"祐辅"哈"地长叹一声，"能开玩笑就是还有精神头的证据啊。"

"学长你……好像不太有精神啊。"

"我是刚放松下来。总之，终于把那些事情告诉刑警了。"

"听刚才的声音，好像是位女性，是女刑警吗？"

"是一位名叫七濑的刑警，小兔你也见过。哎呀，就是去年鸭哥那事的时候。"

"啊啊，对。对对对。是那位运动型的。"

"没错没错。"

"所以，你这么快就展开攻势啦？学长你还真是不知死活，老样子。"

"感觉她有些难以攻破，不过也正因如此，给人感觉很可靠。"

"能够挽回曾洋同学的名誉吗？"

"不知道啊。就算能挽回，他的命也回不来了……"

"曾洋同学竟然知道我啊……但是说实话，我对他没什么印象。"

"就连我十七号那天见到他时，印象也只是曾经一起喝过几次酒，面熟而已。"

"就为了这样的他，学长你特地东奔西走，调查到这么晚，而且居然还找出了事件的目击者?"

"那个,毕竟这件事多少与我有关,而且我平静不下来啊。总觉得不能就这样放任不管。而且……"

"而且?"

"嗯……怎么说呢……"祐辅语塞,用力地挠了挠头,"怎么说呢,要是这样下去,总觉得很不甘心。"

祐辅就自己已知的范围,对曾洋前一阵子曾因某种原因陷入抑郁状态闭门不出,最近似乎才终于振作起来的背景进行了说明。

"据七濑刑警说,在洞口町儿童公园与曾洋会面的似乎不是那个前女友。如果真是这样,那就不知道他到底是因为什么事情与其他女人约好见面,这个暂且放在一边。我总有一种……很不舒服的感觉。就在他快要振作起来的时候,居然遇到了这种不测。怎么说呢,我无法形容这种感觉。懊悔……嗯,应该说是懊悔吗?"

"哦……"

由起子坏笑着起身,走到厨房,又抱膝坐到了祐辅身边。

"是吗,原来是这样啊。"

"怎么了?"

"我知道了。"

"你知道什么了?"

"学长,你是在担心匠仔啊。"

"啊?匠仔?那当然很担心了。"

"所以你才会这么拼命啊,对曾洋的事。"

"啊?你在说什么,那件事和这个有什么关系?"

"没关系吗?他们俩都可以归到试图振作的人这一挂啊。"

"什么这一挂,你这家伙。"

"好不容易振作起来,想要往前看,却一下子功亏一篑,以徒劳告终。学长你不愿看到这种场面,怕万一看到匠仔也受了挫,会不知该如何是好。就是这种潜意识的不安出现了形态上的转化,最终才会以极度想帮曾洋同学洗清污名的方式呈现。"

"还真是扭曲的解释啊。"

"扭曲的是学长你。因为你顾忌匠仔,不敢直接向他询问各种问题,所以才以这种行为来替代。总的来说就是这样。"

"什么潜意识的不安、替代行为,你这简直是在做心理咨询啊。"

"毕竟我是心理学专业的。"

祐辅情绪低落了一阵,终于耸了耸肩,站了起来。

"唉,算了。总之,我能做的事都做了,之后的事就只能交给七濑刑警了。"祐辅俯视着仍然坐在地板上的由起子,"虽然现在说有点晚了,不过真是不好意思啊,这么晚打扰你。"

"没事。"

"说起来……"正要穿鞋的祐辅突然回过了头,"他们有没有联系过你?高千,或是匠仔?"

由起子点了点头。"上个月末,高千打来过两次电话。啊,第一次电话的内容我上次告诉你了。"

"啊啊。"

当时由起子用电话传达了千帆的留言,内容只有一句,"我会和千晓一起,暂时离开安槻一段时间"。

千晓……而不是匠仔啊。

"第二通电话呢?"祐辅抑制住仿佛胸口被抓紧的情绪,故作开朗地问道,"她说了什么?"

"她说现在住在 R 高原的国民宿舍,与匠仔一起。"

"哦,在那里啊。"

"嗯嗯。"看着祐辅一脸认同地抱着胳膊,似乎感慨万分,由起子扑哧笑了出来,"就是那个有'啤酒之家'的回忆的场所。[①]"

"是吗,原来是那里啊。"

"她还说因为这样,所以暂时没办法还车了,让我转达给小漂[②]。"

"是吗,我都忘了。他们开我的车去的?"

"她给学长家也打过电话,可是你好像碰巧不在。"

"是这样啊。那之后,就没有再联络你了?"

"没有了。我觉得她现在应该在与匠仔谈心,或者说是在耐心地倾听吧。关于匠仔今后的事。"

"今后的事……是指什么?"

"详情我也不清楚,就是各种事情,总的来说就是匠仔的去向,比如说是不是退学比较好之类的。"

"喂!喂喂。"祐辅慌张地踢掉鞋子,回到了冰箱的前面,"那家伙,把这种事都列入可选范围之中了?"

"学长你不用担心,高千会阻止他的。想必高千会告诉匠仔,就算他离开白井教授,事情也无法全部得到解决。从那里逃走,结果也只会在原地兜圈,毫无进展。既然那样,还不如干脆横下心待下去,两人一起采取相应的对策。估计高千现在正在这样劝说他,试图让他冷静,帮他恢复过来……应该是这样。"

老实说,由起子的说明中有一半祐辅没有听懂。这是因为他并不完全清楚匠仔,也就是匠千晓,和那个与白井教授再婚的女性之间到底发生了什么。

[①] 详情参见西泽保彦本系列另一部作品,《啤酒之家的冒险》(新星出版社,2013 年 6 月)。
[②] 高濑对祐辅的昵称。

唯一可以确认的是，这不是一个能够轻易张口询问的问题。而且针对这个问题，祐辅还需要严格克制自己，不能进行不负责任的想象。他决定继续等下去，一直等到千帆，或者千晓本人主动揭晓谜团。

搞不好，那一刻一辈子都不会到来。但是那样也好，祐辅已经做好了准备。

"不管发生什么……"小兔吸了一下鼻子，眼中含泪，"高千她说了……不管发生什么，我都会守护他……绝不会让匠仔到那边去，一定会把他拉回这边，所以还请再等一下。"

不知如何是好的祐辅只好呆站在原地，俯视着强忍呜咽的小兔。千帆所说的"那边"是指哪里，光是想想都觉得可怕。

"对不起……最近……"

摇摇晃晃站起身的小兔用纸巾使劲儿擤了一下鼻子，泪水不断从眼角涌出，顺着脸颊滑落。

"最近每天，只要一想起那时高千的话，我就会这样哭哭啼啼，没完没了……变成了一个爱哭鬼。"

"真是傻瓜，有什么可哭的。高千不是说了吗？她肯定会带匠仔回来的。她不是这么说了吗？那就肯定会实现的。"

由起子用手背擦了擦脸，眨了好几下眼。

"放心吧，只要是高千说要做的事，不管发生什么，她都肯定会做到的。绝对会。你不是也很清楚这一点吗？还有比这个更确定的事吗？我们什么都不用担心，只要等待就好了。"

"是吗……"虽然眼睛还红肿着，但由起子终于露出了笑容，"是啊，确实，没错……"

"那我走啦。"祐辅重新穿上了鞋，"下次的酒会，我会邀请你的。

晚安。"

"啊,学长,等等。"

由起子慌忙弯下身,打开了冰箱,拿出一大罐啤酒。

"买来后一直没喝。不过就剩这一罐了,要不要对半分?"

"啊?好啊。"

RENDEZVOUS 4

在屋外被叫住的她并没有做出什么奇怪的反应。

毕竟自己是这副声音加上这种面相,搞不好对方会惊讶地当场站定,狠狠地瞪过来。最坏的情况,还可能会突然发出惨叫声,然后逃跑。佐伯已经做好了心理准备,对方可能会有这种反应。

"你们两个,等一下……"

走出会场大楼,在出租车上车点前被这么叫住的她,以平常的角度来看,其反应并没有什么特别的,超出了佐伯的想象。这在他的人生中可以说是空前绝后了。

她冲佐伯展示出快要溢出脸颊的客套笑容,仿佛都能听到她用娇滴滴的声音问"您有什么事吗"……然而——

她的眼神一下子抓紧了佐伯的心脏。愣在当场的反而是佐伯,甚至差点儿顺势逃走。

她那双大眼睛的眼白部分微微泛蓝,在周围神秘的光辉中,仿佛暗藏杀气。有个常见的说法是"眼里没有笑意",但如此厉害的客套假笑,佐伯还是头一次见。

她也许把佐伯当成了危险的猛兽,十分戒备,并不留痕迹地把身边的青年护在身后。她的举动所展示出的凌厉气势,使得佐伯在畏缩的同时又不由得为之着迷,可以说有些陶醉。

"哎呀？"

她身旁的青年突然发出毫无紧张感的声音。

"刑……"青年也许是想说"刑警"一词，但控制住了自己，稍微顿了一下，"是佐伯先生吧？"

听到这话，大概是回想起了曾经见过佐伯的事，女性周身散发出的带着敌意的威慑感一下子消失了。

佐伯打从心底松了一口气，深深地感到自己刚才的状态就像被蛇盯上的青蛙一样。作为一名职业警察，他甚至有种羞愧感。然而同时他又感到迷惑，为何自己会莫名觉得遗憾。

平静时的她确实也非常美丽，然而，如鬼神般狂暴、斗志昂扬之时的身姿，才是她美丽的真正面目……喂！我到底在想什么啊。

"好久不见。"

佐伯试图调整心态，一开口嗓子里却含着痰，看来状态还是不太正常。

"上次承蒙关照。那个，我记得是匠同学……和高濑同学，对吧？"

去年圣诞节，安槻大学发生了一起男性教师从八层高的公寓顶层摔下来的事件。起初认为是一起自杀未遂事件，之后由于发现了一些疑点，所以佐伯也参与了调查。

青年匠千晓，和他的女性同伴高濑千帆，二人是安槻大学的学生，那时陪在入院的老师身边。

佐伯记得那时的千帆的确也很有魅力，但还不像刚才那样，有摄人心魄的冲击力。至于到底是哪里有变化，佐伯也说不出来。然而他感到自己一个不小心便会被眼前的她散发的魅力吸走，这样十分危险。

"没想到会在这里遇见你们啊。莫非，你们认识明濑？"

"我们是同学。"回答的是千晓,"高中时期的。"

"哦。"

"不过,我们不在一个班,也没那么亲近。"

他旁边的千帆静静地站在原地,扎在脑后的长发随风飘舞。

千帆一直把手放在千晓的肩上,轻轻地环抱着他,仿佛一刻也不想与他分离。然而他们两人之间却完全没有那种年轻情侣常见的黏腻恶俗的气氛。这么说来,去年刚认识他们俩的时候,似乎还没看出他们之间这么亲密。

"就连他当上了警察这件事,我们也是因为这次的案件才知道的。"

他们似乎是看了报纸或电视新闻。报道内容采用的是警方的官方说法,概括成了独自留守在家的女高中生被人杀害,偶然出现在现场的警官也不幸牺牲。

"是这样啊……不过,如果是这样,为何今天还特地赶来?"

"怎么说呢……"仿佛为了寻找合适的词语,千晓表情微妙地闭上了眼,"可能因为他是一个很难令人忘怀的人吧,从各种意义上来说。"

佐伯突然回忆了起来,对了。

"非常抱歉,能不能占用二位一点时间?我有事想与你们谈谈。"

以调查情况为借口,是不是可以与千帆多相处一会儿呢……一瞬间窥到自己心声的佐伯打了个寒战。不过,想再多知道一些关于明濑的事情的想法也确实存在。

"谈谈?"也许是出于疑惑,千晓与千帆对视了一眼,"谈什么?"

"关于明濑的事。"

"唉,都说了,我什么都不知道。"

"把你听说过的事告诉我就好。像是高中时代对他的印象之类的，什么都可以，我必须知道更多他的事情。"

"但、但是，那个，他难道，不是在巡逻中偶然被卷入案件的吗……"

"不是。"佐伯故作自然地向两人走近了一步，低声说道，"希望你们不要外传，有些迹象表明，这起案件似乎还不能下定论。"

"也就是说，难道，他……"

"我现在就在调查这件事。明濑在高中毕业后进入了警校，刚刚被派到镰苑派出所。关于他的个人背景和人际关系，我们都不是很清楚，为了给他昭雪，请务必协助我们。"

"我知道了。虽然不确定是否真的能帮上忙。"

佐伯冲停靠在眼前的出租车司机抬起手，让两人坐进后座，自己坐在了副驾驶席上。

他们来到佐伯的妻子曾带他去过一次的一家市内咖啡店。至于为什么选择这里，佐伯自己也不是很清楚。大概是因为午餐时间已过，店里的客人很少。

在角落的座位上坐定之后，佐伯解下了黑色领带，点了三人份的咖啡。

"其实……对了，现在我开始说的事，请不要对任何人说。"

以这句话开场，佐伯向两人说明了明濑巡警和鲤登明里的死亡推定时间相差了四个小时的事情。之后想想，这种事其实没有必要特意告诉普通市民。

"有四个小时之久？"

"当初我们是这么想的，杀害鲤登明里的凶手先离开过一次现场，随后，凶手也许是想起在现场留下了可能会暴露身份的极为重要的证据，于是又回到了鲤登家。这时正在街道巡访的明濑巡警偶然来到这一家。为了不被逮捕，凶手怀着自暴自弃的心情，对警察也下了手——大概就是如此。"

"然而，佐伯警官您不太认同这种看法？"

"完全无法认同。鲤登明里的尸体在屋内，只要犯罪行为没有当场暴露，凶手就没有必要把明濑巡警一并杀害。就算再不济，只要伪装成家里人在玄关应对，凶手也完全可以轻松地把巡警打发走，因为那时鲤登家里没有别人。四个小时之前便已死亡的鲤登明里也不可能向明濑巡警求助。"

"明濑也不太可能特意进入乍看之下没什么异常的民宅里。"

"没错。然而实际上他确实进了家门，并且在房间里遇害了。也就是说——"

"凶手也许是用了什么借口，把他引进了屋里？"

"从目前的情况来看只能这么想。然而，如果凶手做出这种事，只会促使明濑巡警发现鲤登明里的尸体，这样一来，就好像……"

"就好像凶手是要杀害明濑一样。"

"是的，会令人产生这种想法。但这是不可能的，因为我听说他上街巡访的顺序完全是随机的。除非凶手的目标一开始就是明濑巡警，那倒还有可能在那天预测到他会访问鲤登家。"

"难道，凶手是在预测的基础上杀害了鲤登明里，并以她的尸体作为诱饵？这恐怕也不太可能。"

令自己困扰不已的假说——或者妄想——居然就这样被千晓原封不动地说了出来，令佐伯有些动摇。

"要是凶手想将明濑顺利引进家里，可以装成鲤登家的人，对他说家里的情况有些奇怪，可能有小偷进来，请他帮忙查看一下。只是上演这种戏码，应该不是什么难事。"

"正如你所说。然而我越是思考他被杀害的情况，越会陷入凶手莫非是为了杀害他，才杀了鲤登明里这种异想天开的妄想——"

"凶手之所以杀害明濑巡警，"这时千帆插话道，"难道不是因为容貌被看到了吗？"

"什么？"

"凶手在犯下最初那起案件的四小时之后，不管是不是为了回收证据，总之因为某个理由回到了鲤登家。假设凶手在那里遇到了明濑巡警——当然在那时，明濑巡警还不知道鲤登明里已经被杀害的事实。但他却在那个时候看到了凶手的脸。"

"是这样的……"

"就算凶手当时装作是鲤登家的人，把刑警打发走，但凶手的长相被看到了这一点是不会改变的。依巡警的记忆力，很有可能画出十分接近凶手真实样貌的画像。"

佐伯愣在当场。如此单纯的原因，为何至今为止都没有想到呢？连他自己都觉得羞愧。

"对凶手来说，明濑巡警的存在是一个威胁，必须当场灭口。凶手在一瞬间做了这个决定，便用花言巧语把他骗进了屋。"

"原来如此、原来如此啊。凶手绝不是为了制造诱饵才杀害了鲤登明里，而是从结果上来看变成了这样而已。"

"我觉得这是最为简单的想法。"

"完全没错。为什么我们没有先想到这一点呢？"

记得搜查会议上也没有任何人指出过这一点。或许这是因为——佐伯思考着，或许是因为被杀的是一名警官。

假如与鲤登明里一起被发现的尸体是她的朋友，如果回到现场的凶手遭遇的是突然来访的鲤登明里的友人,则凶手连装成鲤登家的人或相关人员都行不通,至少会很有难度。再加上长相已经被人看到,在无计可施的情况下只好再杀一人,这种情况也是很有可能的——恐怕搜查团队中的任何一个人都会自然而然地得出这个结论。

也许因为他们是站在警察的立场上,才会毫无根据地先入为主,以为如果只是长相被看到,凶手应该不至于把警官也一并杀害。在佐伯如此反省之时,千帆瞥了一眼身旁的千晓。

"哎哟,你好像有什么话想说啊?"

"啊?哎呀,没、没有的事。"

"别说谎了,你的脸上写得明明白白,看来你对于凶手因为被看到长相而将其灭口这一理论不太认同啊。"

"真是败给你了。我只是有些介意一些无聊的地方。"

"介意什么?"佐伯歪了歪头,"刚才她说的理论,可是很有说服力的啊。"

"因为被看到了长相,所以立即决定灭口,这点没问题。我只是觉得,要是那样,凶手的事前准备还真是周全啊。"

"准备?"

"凶手准备了凶器,还把凶器带走了,对吧?"

"没错。那种塑料绳与鲤登家常备的种类不同。至于用来击打二人的凶器究竟是什么,尚且不明,不过据鲤登家的人说,似乎没有丢失什么东西。肯定是凶手自己准备好并带走的。"

"凶手回到现场是在最初犯罪的四个小时之后,先不说第二次使用的凶器是不是与最初时相同,反正凶手又带着凶器来到了鲤登家。事情应该是这样的没错吧?"

"是的。"

"我觉得要是这样的话,简直就像是凶手从一开始就打算实行第二次杀人一样啊。"

"但是,匠仔,这种情况也是有可能的啊。"

把千晓唤作"匠仔"的千帆对佐伯来说很是新鲜。仿佛导火索一般,去年对这两人进行问讯的场景在佐伯的脑海中苏醒,使他产生了一种奇妙的怀念之情。

"毕竟过去了四个小时,可能有家里人回来了也说不定。凶手或许已经做好了如果有万一,就只能再杀一人的思想准备了呢?"

"如果家里已经有人回来,就应该发现了女儿的尸体,并通报警察了。住宅周围可能会全是警察。如果我是凶手,一定会小心警惕,不再靠近鲤登家。"

"所以说,凶手是把即使要冒那种危险,也无论如何要回收的重要证据忘在了现场啊。"

"那种东西真的存在吗?从这里开始我就觉得有疑问了。"

"为什么?"

"如果凶手是在掌握了被害者母亲的日常活动规律的基础之上计划了这场犯罪,选择了鲤登明里一个人在家的时段下手,那么通常来说,应该不会把多余的东西带到现场吧?"

原来如此。被他一说的确如此,佐伯感叹着,虽然只是就一般情况来说。

"那么,凶手为什么会返回现场呢?"

"抱歉我又要推翻前提了,说到底,我觉得凶手根本没有离开过现场。"

"没有离开?那他干了些什么?"

"应该一直在现场等待吧,等待明濑的到来。"

"不，匠同学。"佐伯插嘴道，"这种事……"

"当然详情我也不太清楚，但是明濑会造访鲤登家这件事，真的不可能预测到吗？"

"他基本上是随机登门造访，所以应该是不可能的。"

"假如凶手平时就监视着明濑的动向，掌握了某种规律之类的呢？"

"也就是说，你认为凶手从一开始就打算杀害明濑，所以一直在家里等待？"

"我只是瞎猜的。但是，我总觉得凶手在犯下最初的罪行之后，就一直待在鲤登家。如果真是那样，凶手的目的是什么呢？难道不是在为犯下第二桩罪行做准备吗？不过我也只是这么感觉而已。"

确实，佐伯也无法接受明濑巡警只是偶然被卷进案件之中的说法。然而，他也无法完全认同千晓的想法。而且是从两重意义来说。

首先，从是否有手段预测明濑巡警的动向来看，怎么想都是不可能。另外，这一点更为重要，凶手真的会为了这个目的在旁边就是鲤登明里的尸体的屋里等待四个小时之久吗？按人之常情，就算没有任何情况发生，也应该想尽快离开犯罪现场才是，哪怕早一秒也好。

"你的状态恢复了不少啊，匠仔。"

正在试图以各种可能性模拟凶手心理状态的佐伯听到千帆的这句话，突然回过神来。

"至少能说这么多话了啊。"

"是吗……"千晓微微露出略带羞涩的苦笑，"也许吧。"

是这样啊——从这两人的交流中，佐伯多少明白了一些。

刚才所感觉到的千帆的变化，究其原因，大概是缘于她和千晓的关系。想必这两人之间的关系已经因为某件事情而迈进了一步。

具体的经过超出了佐伯能够想象的范围,但肯定是这两人携手跨越并克服了某种类似人生危机的事情。两人之间的氛围比起男女之间的亲密,更像是某种近似战友的连带感,并同时兼备一种纯洁感。所以……

所以,比起被千帆的个人魅力所迷惑,看着她与千晓两人在一起时,自己心里反而会更加愉悦,佐伯如此想道。

"搞不好……这也是托了明濑的福。"

虽然他的话里别有深意,但佐伯决定不去深究,将话题继续进行下去。

"啊对了,差不多可以告诉我一些明濑高中时期的事情了吧?"

"话虽如此,嗯……说到底,我都不知道和明濑说没说过话,搞不好连一次也没说过。刚才我也说了,我们没同班过。"

"但是你认识他,对吧,通过某种方式?"

"我是认识他。他在校内很抢眼。不过我觉得他肯定不认识我。"

"既然是个抢眼的人,也许他曾在连自己都不知道的情况下,种下了产生矛盾的种子。"

"矛盾吗?应该有很多学生羡慕他,就连说着这种话的我也是其中的典型。"

"欸?你?"

喂喂,不管对方是不是明濑,你这家伙有羡慕其他人的资格吗?明明有一个如此美丽的恋人——佐伯努力抑制住打趣的冲动。每个人判断幸福的基准都不同,千晓和千帆究竟是不是一对恋人都还尚未可知。当然,就两个人的样子来看,似乎不仅仅是普通朋友……唉,算了,邪念先放在一边。

"为什么？"

"就是觉得，我也想变成他那样的人。"

"是吗？高中时代的他，是个什么样的学生？"

"如果用一句话来说，就是成熟吧。抱歉，太抽象了。"

"有什么具体事迹吗？"

"当时每一天都过得平平凡凡，所以我也想不出什么特别有戏剧性的事。不过，有他在的班级，和我所在的班级，气氛总是完全不同。"

"怎么个不同？"

"他在理科班，男生和女生大约各占半数。虽然这不是关键原因，但总的来说，无论是男生还是女生，大家的关系都很好，气氛非常和谐。唉，虽说只是外人眼中的印象，但他们看上去真的很快乐，凝聚力也很强。文化祭或体育祭的活动上，大家都会单纯坦率地兴奋不已。"

千帆静静地看着千晓。佐伯则看着千帆，那仿佛不想错过对方说出的一字一句的表情，让佐伯忍不住想叹一口气。

原来如此。看来，这件事她也是头一次听说。千帆正在享受听他分享过去的短暂时光，哪怕只有一瞬……想到这里，佐伯不禁思绪纷乱，感到胸中莫名苦闷。

不行不行，我怎么净想些无聊的事，现在要想的是案件，以及明濑的事。

"和他相比，我在的文科班整体气氛十分阴暗。不，说阴暗可能太过头了，但大家对什么都很冷淡，或者说提不起兴致。"

"是说缺少霸气吗？"

"可能是因为男生少得可怜吧。只占全班的四分之一。"

"是女生当家做主的班级啊。"

"可以这么说。有发言权的基本都是女生,男生与其说提不起劲,更像是在莫名其妙地闹别扭,比如都聚在教室一角之类的。正因如此,也没有什么凝聚力,非常松散。而占班级主流的女生呢,说好听点,都是我行我素的类型。就是别人的事都与我无关,无所谓的感觉。当然,以这种批判的眼光在一旁观察的我,才是最自私自利的人。大家可能都被这种冷漠的气氛所感染,产生了恶性循环,觉得反正别人都没干劲,那我也不管班级的事,想怎么做就怎么做吧。这样一来,班级的气氛就越来越差。那个……"

千晓不自信地眨了眨眼。

"我想说什么来着?啊,对了,是气氛。现在想想,那种班级整体气氛的差异,果然很大程度取决于特定的人物。"

"莫非你是觉得,明濑他们班是因为有明濑这样的人在,所以气氛才会很好?"

"虽然一个人并不代表全部,但我觉得这应该是一个重要原因。"

"他的个性到底是怎样的,能否请你再具体地说明一下?"

千晓沉思片刻,仿佛在一字一句地斟酌用词一般,接着断断续续地说道:"嗯,类似于网球比赛,不,说是乒乓球或羽毛球也行,什么都行。我想说的是那种有来有往,双方对打的球类运动,我想以从事这类运动的选手来打比方。像我就是一个很弱的选手,但同样是弱,也有很多种类型。有虽然很弱,却在努力争取胜利或是努力变得优秀的选手。然而,我的话……"

"你的话?"

"我是那种是赢是输都无所谓,只想快点结束比赛,好从压力中解放的类型。为了达到这个目的,我甚至会故意输掉比赛。"他不禁露出了苦笑,"真是消极啊。"

"那么明濑呢?"

"他是个很强的选手。当然,强手也分各种类型,我觉得明濑是那种不太重视输赢的人。因为对他来说,有比输赢更重要的事。"

"那是什么?"

"就是享受比赛,他渴望延长快乐的时光,为了达到这个目的,他会配合对方改变作战方针。例如,面对比自己弱的选手,他就会打出对方容易接到的球。通过这样,使两人之间的对战能够或多或少地延长下去——您能明白我的意思吗?"

佐伯点了点头。以延续对打时间为优先目的,配合对方改变战术,这一比喻十分生动地总结了至今为止从相关人士那里听到的关于明濑的模糊不清的形象。

"不在乎输赢,而是为尽量延长并享受对打的时间来迎合对方的节奏。我觉得正是因为有这样的人存在,他们班的气氛才会那么好。虽然这是现在回头看时产生的想法,可能会有点马后炮。当时我根本没想过这种事。"

一阵沉默。

"而像他那样的人,已经不在了……我却还在这里。"

听到这句话,佐伯不由得吃了一惊,下意识地看向他身旁的千帆。

"很荒谬,但也于事无补了。留下来的人只能继续活下去。看到他的遗照时,我再一次产生了这样的想法。"

虽然隔着桌子看不到,但佐伯觉得千帆紧紧握住了千晓的手。她那巨大的力量仿佛撼动了空气一般传递过来,使佐伯也不禁胸口一紧。

"不好意思,"千晓似乎终于回过了神,露出害羞的笑容,"净说一些抽象的话,没能帮上您什么忙。"

"没有的事,你的话非常有价值,谢谢。"

佐伯想着是时候走了,便接过账单站起了身,又坐回来掏出一张名片。

"如果再有什么事,请联系我,什么时候都可以,你们两个都是。"

*

"哦,你是问那份原稿啊。"

芳谷朔美从鼻子里哼了一声。

本想装作不经意地提出这一问题,好让她以为这并不是什么重要的事。然而鉴于朔美的嘴唇已经丑陋地扭曲了起来,可见这一尝试失败了。与预想的相反,七濑不禁开始担心,对方是不是下一刻就会歇斯底里地大闹起来。

"就是鲤登同学写的那部名叫《替身》的小说,您读过吗?"

"嗯,读过了。刑警小姐您也是这么认为的,所以才会来找我,不是吗?"

八月二十九日。

七濑和平塚正在芳谷朔美家,对前一天刚从欧洲回国的她进行问讯。见到朔美,七濑的第一印象就是娇生惯养的任性大小姐。她那高傲的双眼,仿佛在说绝不允许别人把她与那些只能凭借谄媚和殷勤生存的女人相提并论。她的周身都散发着无言的自负,仿佛在说自己凭借的不是女性魅力,而是知性和教养。

把头发梳成圆髻的她乍看很清纯,然而外国产的家具和书架上摆着的外文书籍,以及单人公寓内散发着虚张声势的廉价感的装潢,都仿佛象征着她的内在。硬要说,她也算得上是个美人,但那随时准备揭露他人的缺点并加以嘲讽的冷笑,让一切表象都宣告白费。

当然,也有凭外表无法判断的事情,但至少在七濑看来,她并没有什么魅力可言。像蓝香学园的小暮老师那样的年轻男人会被这种廉价肤浅的美丽骗过还可以理解,生前的鲤登明里为什么也会对这位图书馆管理员那么迷恋呢?这点七濑完全想不通。

"不,搞不好对鲤登明里来说,比起和其他人相处,和她在一起是最舒服的。"

"咦?为什么?"

"因为鲤登明里也清楚,自己是一个会微妙地刺激到他人的自卑心理的人。所以选择与芳谷朔美这种坚信自己才是最正确的自信心过剩的女人在一起,会令她感到非常轻松,不用过度在意自己的言行。"

虽然这种说法有点尖酸,但七濑也觉得微妙得有几分道理。

"首先我想询问一下,芳谷小姐你看到那部小说的经过。"

《替身》的文稿保存在鲤登家的文字处理机的硬盘里,七濑已经打印出来并阅读过了。

"我记得是在黄金周刚过、五月中旬的时候,她拿来了那份文稿。"

芳谷称鲤登说她想投稿参加文艺杂志的新人奖,希望芳谷读后告诉她感想。

抱着轻松的心情开始阅读的朔美感到十分震惊。

"那明显是以我和濑尾,还有明里本人为原型的恋爱小说。不,应该说是色情小说比较贴切。还是极为廉价的,充满女高中生的妄想的那种。"

对身为同性的图书馆管理员抱有恋慕之情的女高中生,诱惑了管理员的未婚夫,并与其发生了关系,这便是《替身》的主要故事。

"您读后有何感想?"

"非常不愉快。虽说是虚构小说,但她居然把如此露骨的以真人为原型的小说特地拿给本人看,简直是想故意惹人生气。"

"那是虚构的吗?"

"当然了。"

《替身》中对性爱场景的描写连细节都非常真实,七濑很难相信这出自女高中生之手,她觉得应该是基于实际体验的产物。就算生前的鲤登明里真像周围人评价的那样,是个聪明的女生,也实在难以想象单凭技巧和想象力就可以写到这个程度。

"生前的鲤登同学和濑尾先生见过面吗?"

"我介绍他们认识的,我们三个人还一起吃过饭、喝过茶。"

"既然这样,您有什么依据认定那部小说是虚构的呢?"

"不是有没有依据的问题,那种事根本不可能发生。"

"您向濑尾先生确认过吗?"

"我为什么要去做这种蠢事?只会让彼此尴尬,不是吗?"

"读完原稿后,您对鲤登同学说了什么?"

"虽然我真的气得不行,但要是对她发脾气,也太幼稚了。而且,我能感到明里是真的很喜欢我,所以心情很复杂。"

关于《替身》中的女高中生诱惑女图书馆管理员的未婚夫的动机,作者的说法是,因为对图书馆管理员的恋慕之情得不到回报而陷入绝望,从而对其未婚夫心怀嫉妒。

看到这一部分时,七濑的感想是,简直虚假得令人难以置信,更不可思议的是,这一部分与那极为真实的性爱描写是出自同一作者之手。然而朔美似乎并没有察觉到这一部分的内容肤浅得像是硬加上去的一般,可能是因为她坚信,鲤登明里对自己的热爱是非常特别的。

"您做出了成熟的回应?"

"是的。我说很有趣,但有些过激了,以开玩笑的口吻说的。实际上,我觉得以一本小说来说,完成度很不错。她果然有那方面的才能。"

"鲤登同学听后说了些什么吗?"

"没说什么特别的,只是满足地笑了笑。"

"只是这样?"

"是的,只是这样。"

"您跟其他人提过这部小说吗?"

"怎么可能。我怎么会做出那种相当于暴露自己的丑事的行为。"

在以辻伊都子为首的蓝香学园的学生之间,似乎流传着朔美和鲤登明里因这部小说而产生了裂痕的流言。如果朔美没有说谎,那么这个谣言的源头是谁呢?难道……是鲤登明里自己?

"芳谷小姐,您现在也依旧认为《替身》是一部虚构小说吗?"

"什么认为不认为的,这就是事实。"

"说到事实,那个您知道吗?"

"什么?"

"鲤登同学怀孕了。"

*

"怀……怀孕?"濑尾朔太郎张口结舌,嘴唇微微抽动着,"怎、怎么会……"

一下子就不打自招了啊,佐伯想着。一瞬间,他的脑海里已经像布置将棋残局一样,完成了让濑尾全部招供的战略构想。

佐伯状似不经意地将试图从长椅上站起身的濑尾按了回去。

"如果您心里有什么线索，希望您现在全部告诉我，这样对我们双方都好。"

"等、等一下，我……"

站在两人身旁的山崎装作随意地关注着大楼与大楼之间人行道周边的状况。路人看到正对濑尾进行问讯的佐伯时搞不好会误会，以为他们是黑道的人。为了表示没有什么可担心的，他偶尔还会对路过的亲子露出笑容。山崎之所以讨厌在室外取证调查，就是因为这个原因。然而由于濑尾坚决不让警察来公司或家里，所以没有其他办法。

"濑尾先生，您是个有社会地位的人，还有非常重要的未婚妻。要是您与女高中生发生了淫乱行为，还让对方怀了孕，那麻烦可就大了。这点我理解，但也希望您能理解我们。这可是在调查杀人案件。"

被佐伯锐利的眼光一瞪，再度试图起身的濑尾吓得脚下一踉跄，像摔了个屁墩儿一般重重地瘫坐了回去。

"我们办事也是讲道理的。一般情况下，我们可能会把那本小说看作是多愁善感的女高中生的妄想而扔到一边，但鉴于她是杀人事件的被害者，再加上她真的怀有身孕，那么那本由她本人创作的小说，我们可就不能忽视了。"

濑尾像因氧气不足而挣扎的金鱼一样张了好几下嘴，却没有发出任何声音。

"只要一鉴定，我们就能知道那是谁的孩子。当然检查材料全凭您自愿提交，如果您拒绝，那我们也没办法。您要是真这么想，我给您一个忠告。不是有句话叫术业有专攻吗，濑尾先生？如果您真的和鲤登明里有那种关系，那我们一定会找到证据的，您最好不要小看专业人士的手段。"

濑尾瞪了佐伯一眼,却在看到对方冷酷的一瞥后慌张地垂下了眼睛。

"您明白我的意思了吧?如果您知道些什么,现在予以否认,绝对不是一个好主意。特别是对于您自身来说,对吧?"

"但是……但是,不可能啊。我怎么可能扯进案件里呢?"濑尾终于挤出了声音,"她不是在二十二日被杀害的吗?那时我正和朔美一起在欧洲啊,怎么可能杀害明里呢?"

"我没说您和案件有关。但我不能肯定您和鲤登明里之间的关系与这次的事件无关。"

"什……你、你是什么意思?"

"比如说,有某个对您有爱慕之情的女性知道了鲤登明里的存在,在疯狂的嫉妒之下杀害了她。这也是有可能的。"

"那种事,我、我,"濑尾似乎想卑屈一笑,却一脸僵硬,"我……没、没那么受欢迎。"

"也有可能是某位爱恋鲤登明里的男性,在知道了她和您的关系后愤怒地将她杀害。这种事是很有可能发生的,您应该知道您的证言有多重要了吧?"

"那是,是她……"大概是因为放弃之后觉得轻松了,濑尾反而变得有些赌气般的从容,"是她诱惑我的。"

"什么时候的事?"

"今年的情人节。她还是高一的学生。"

"实际发生关系是在?"

"就在那一天。我在情侣宾馆收到了她的巧克力,是她诱惑我的,真的。"

"谁都没说是假的。"

"明里说她喜欢朔美,如果可能,想和她在一起。但是女同性恋会遇到许多阻碍,所以她希望我能做替身,让我抱她……"

这与在《替身》中登场的女高中生所说的台词一模一样。在佐伯看来,鲤登明里的话实际上只是用来诱惑濑尾的借口,这一点也与小说里写的一样,然而濑尾似乎当了真。

"她说什么想通过与我、朔美的未婚夫发生关系,来代替与朔美发生关系……之类的话。"

"你们发生了几次关系?"

"那种事我记不得了,只能说数都数不过来。我记得那段时间几乎每天都会与她偷偷见面,每次我都会对自己说必须停下来,是时候停手了,却总是拖来拖去……我感觉无法从她那里脱身。"

"避孕了吗?"

"这……因、因为……"刚刚镇静了一点的濑尾又开始颤抖起来,"因为,明里说那种麻烦事……用不着做,所以……那个,不小心就……"

"持续到什么时候?"

"到明里升上高二,应该是六月不到七月的时候,那时我们结束了。我对她还有所眷恋,但在听说她以我们的秘密为原型写了一部小说,居然还拿给朔美看了以后,我觉得这实在是过头了,只能放弃了。"

"那件事你是听谁说的?"

"嗯……"濑尾思考着,"唉,我忘了是谁了,应该是我家的哪个亲戚。记得是蓝香学园的董事会还是校友会里的哪个理事听到了这个传言,害得我都被祖父叫去训话了,还被问'虽然我是觉得不可能，但你应该没做过那种事吧'。那时我还笑着回答'怎么可能'，好不容易才蒙混过关……啊啊，这可怎么办啊。"

大概是因为过于害怕会被身为集团会长的祖父怒斥，给家族颜面抹黑，濑尾不顾刑警们在场，像小孩子一样眼泪汪汪地抱住了头。

"然后，鲤登明里写了那部小说并拿给芳谷小姐看了这件事，在学校里也传开了？"

"具体情况我也不知道，不过学生们似乎也察觉到原本关系很好的朔美和明里好像因为那件事闹得不太愉快。"

"她为什么要做那种百分百会惹芳谷小姐不开心的愚蠢行为？你是怎么看的？"

"完全不懂。大概是想通过显示自己同样是个女人来向对方示威吧？那个年纪的女孩到底在想些什么，我怎么会知道。"

"芳谷小姐就这件事对你说过什么吗？"

"没有，什么都没说过。我还胆战心惊地想着万一她一生气，提出解除婚约可该怎么办才好呢。然而朔美从来没有提过哪怕一句关于明里写的小说的事，我甚至还在想她是不是根本没读过，又或者是随便读了读，没有当真。"

"你读过那本叫《替身》的小说吗？"

"我怎么可能会读那种东西啊。就算你求我读我都不想读。"

"鲤登明里并没有告诉你她怀孕的事，对吧？"

"是啊，刚才是我头一次听说……啊，怎么办啊。我该怎么办才好啊？"

从刚才濑尾那过于强烈的反应来看，他应该没有说谎。在小说《替身》中，那个男人最终也对此事毫不知情。

然而在小说里，女高中生把自己怀孕的事告诉了女图书馆管理员。

＊

"芳谷朔美本人声称，她完全不知道鲤登明里怀孕的事。"与佐伯在前往会议室的路上相遇之后，七濑说道，"不知道她这话是真是假。毕竟不能保证所有事都与小说相符。"

"你的意见是？"

"虽然只是我的直觉，但我觉得鲤登明里把怀孕的事情告诉了朔美。"

"我也这么觉得。"

"如果是那样，那鲤登明里到底是出于什么目的呢？"

"什么目的？"

"特意把自己怀孕的事情告诉朔美，她究竟在想些什么，才会做出那种事呢？"

"她想找个人讨论该怎么处理此事，第一个想到的就是朔美——这好像不太可能。"

"你看，既然胎儿的父亲是濑尾，那么朔美其实应该是她最应该回避的对象，然而她却把这件事告诉了朔美。我觉得这其中一定有什么目的，难道只是我想多了？"

佐伯站定在原地。

"你觉得鲤登明里抱有什么目的？"

"搞不好，她是想让对方杀死自己？"

"你说什么？"

为了不妨碍其他过路人，七濑带着佐伯来到楼梯平台，并对他说出了鲤登明里生前曾经说过想要自由自在地操控这个世界，至少死亡的方式想由自己来决定的事。

"至少死亡的方式想由自己来决定啊。这种想法还真是令人难以做出评论。先不说这个，被朔美杀死这点对于鲤登明里来说，真的有那么重要吗？"

"操纵的对象即使不是朔美也可以。只有依照自己书写的剧本，令各个角色各司其职，最终使自己的人生落幕这一计划得以成功实行，才是对鲤登明里来说最有价值的事情——这种想法是不是有点太异想天开了？"

佐伯抱起了胳膊。"我觉得十分离奇。"他沉思了一会儿，"不过也不能说没有可能。"

"欸？"七濑惊讶地眨了眨眼，"你的思维还挺灵活的。"

"这要是平时，你肯定会嘲笑我，说我被平塚荼毒了吧？"

"他现在应该在打喷嚏吧。"

"从目前的问讯结果总结出的鲤登明里这一女高中生的性格，似乎有些独特啊。"

"同感。"

"该说她是悲观主义者，还是虚无主义者呢？无论怎么形容似乎都不够准确，总有一点微妙的误差。但无论如何，她应该是有一些聪明得过了头的倾向，对无论自己是生是死，这个世界都不会有任何改变的事实还没有认清。"

"虽说如此，她也没有主动求死的热情。"

"既然尽管还能再活几十年，却也无法从死亡的命运逃脱，不如就自己来导演，哪怕只有这一件事也好。不能否认有抱有这种想法的女高中生存在，正相反，从某种意义上来说，搞不好这才是一种青春期特有的思维方式。"

"扭曲的全能感啊。"

"全能感？"

七濑把鲤登明里曾经编造类似丑时参拜的变种都市传说，并使其在全城传开的事告诉了佐伯。意外的是，佐伯居然知道"吊天狗"这个词。

"什么啊，原来是这样。原来那是她编的啊。"

"佐伯先生您也听说过？您是从哪里知道这个传闻的？"

"是什么时候来着？我曾经因为一点小事跟老婆吵了起来，那时她半开玩笑地威胁我说'我要把你的饭碗在"吊天狗"上敲碎，把你饿死'。"

"哦？好独特的咒杀方式啊。"

"那时我还不知道什么是'吊天狗'，就问她那是什么东西。她说好像是常与神社后面的山毛榉树。"

"在常与神社？嗯……这我还是头一次听说。您太太有没有说过她是从哪里听到这个传闻的？"

"谁知道。好像是和隔壁太太们闲聊的时候提到的吧。不过，那个'吊天狗'真的是鲤登明里编造出来的吗？"

"似乎是。事实上，保存有《替身》原稿的文字处理机里还留下了她的笔记。"

根据那份笔记所示，"吊天狗"这一传言的源头是"tangle tree"。"tangle"，顾名思义，就是"纠结、缠绕"的意思。

"某个女生的围巾被缠在那棵树的树枝上，结果那个女生就在其他地方上吊而死了——这个似乎是最原始的版本。通过物品不同来指定咒杀方式，这一设定似乎不是鲤登明里设计的，而是在谣言扩散的过程中逐渐形成的。"

"原来如此。'tangle tree'这一名称也在人们口口相传的过程中，不知是由于发音错误还是什么原因,最终演变成了'吊天狗'①。"

"虽然多少发生了变化,但流言能传遍全城,应该足够使鲤登明里体会到全能感了吧?"

"要是这种把戏就称作全能感,那我只能说无论她多么聪明,也还只是个孩子啊。回到原来的话题,如果鲤登明里真的亲手导演了自己的死亡,那么把那部以真人为原型的小说,以及她与朔美不和的流言散布到学校中的人,应该也都是她自己。"

"如果朔美说她没对任何人说过《替身》的事是真的,那就非常有可能。只要鲤登明里还活着,那么不管当事人愿不愿意,她怀有身孕的事实终究会被周围的人知道。这样一来,那个未婚夫就会身败名裂。再加上鲤登明里为了保险起见,还把这件事散布到了学校之中,这样便将芳谷朔美逼上了绝路。"

"鲤登明里很可能已经顺利地把对自己的杀意植入到了朔美的脑海中,通过怀孕,以及《替身》这部以真人为原型的小说这一双重策略。"

"搞不好,'吊天狗'就是一场预演,用来测试流言能否像她预想的一般扩散。"

"虽然全部都只是我们的想象,但她一手导演的戏码,也就到此为止了。"

"即使抱有杀意,但朔美二十二号不在日本,所以没有作案的可能。虽然刚才推理的一切很有趣,但似乎与这次的案件并无关系。"

"关于朔美的那个不在场证明,有没有检查过是否动了手脚?"

"怎么可能。只要确认一下出入境管理局的记录就知道了,这都什么时代了,应该不会有人再撒这么低级的谎了。"

---

①日文中的"天狗吊り(てんぐつり)"与"tangle tree"的发音相近。

"二位好，辛苦了。"从楼梯走上来的平塚向两人点了点头，"我没迟到吧？"说着他打了个喷嚏，"啊啊，太好了。"

在搜查会议上，首先由对鲤登家的邻居进行了后续调查的搜查员们进行报告，他们说从住在案发现场对面的小学男生那里得到了十分有用的证言。

"据说事发当天十一点左右，他透过自家厕所的窗户，看到有人按下了鲤登家的门铃。"

人群发出一阵"哦"的声音。

"然后呢？"

"据说是个女人。"

"是女人啊。"

七濑瞥了佐伯一眼。佐伯冲她耸了耸肩，仿佛在说"果然还是该调查一下芳谷朔美的不在场证明是否能够成立"。

"对方的帽檐压得很低，所以没能看清楚长相，但目击者反映，从年纪来看不像是去找鲤登姐姐，也就是明里的人。非要说的话，觉得更像是找鲤登阿姨，也就是直子的。由于那时鲤登阿姨刚出门不久，两人刚好错过，令那孩子觉得很遗憾，才留下了深刻的印象。"

直子在十点左右出门时，也被那个男孩偶然目击到了。

"那个女人有没有对着门禁说些什么？"

"男孩说，好像听到一个女人的声音说'你好'，还说'我是刚才打过电话的伊藤'。"

"伊藤？她报的是这个名字？"

"是的，但是那孩子说他也没有自信确定对方说的是否真的是伊藤，也有可能是自己听错了。"

"这么一来，如果那个女人与案件相关，那么她事前就与那家有过联络？"

"我向直子确认过了，她说她不记得接到过那样的电话。去查了一下通话记录，发现确实在十点半过后，有一通电话从附近的公共电话打到鲤登家。当然，接电话的应该是明里。也许那个女人就是在那时确认了直子不在家。"

"还真是计划周密啊。这么一来，几乎可以肯定凶手是被害者认识的人了。事前有过联络，再加上鲤登明里没有换下睡衣就来应门。"

"啊，关于这点，我认为不能就此断定。"

"为什么？"

"根据曾经出入鲤登家的快递员的证言，被害者在暑假期间似乎习惯早上睡懒觉，并经常在母亲不在时帮忙代收包裹，那时她也是大大咧咧的穿着睡衣跑到玄关来盖印章。"

"哦……"

"那个女人如果真如男孩目击者记忆中的一样，装成来找直子的客人，谎称有东西要转交给她母亲，那么明里应该会像拿快递一样，直接穿着睡衣就跑到玄关去了。这也是有可能的。"

"唉，毕竟她还是个高中生，也许并不会对来访的人十分留心吧。"

"不论如何，我觉得现在断定是熟人犯案还为时过早。"

"不，可是，虽说如此，似乎也不是入室抢劫。"

"那个，"举手的是平塚，"抱歉，关于这点，我想说一句。"

"什么啊？"几个声音同时响了起来。

"确实鲤登家没有入室抢劫的痕迹。向家属确认了，他们也说没有什么东西被偷。他们的确是这么说的。"

"你的意思是说，其实有什么东西被拿走了吗？"

"与其说被拿走，不如说是……嗯……准确来说是消失了。"平塚挠了挠头,"是鲤登直子说的。其实,她之前一直以为是自己记错了,但似乎并不是。因为不确定与这次的案件是否有关系,所以她不知该如何开口。我们告诉她只要交给我们警方来判断即可后,终于说服她说了出来。"

"到底是什么东西?"

"南蛮腌竹荚鱼。"

"啊?"

众人一同毫不掩饰地表示了疑惑,现场充满"这家伙又在说些奇怪的话了"的气氛。

"据直子说,那是她丈夫一喜最喜欢的菜,下班回家喝一杯的时候,肯定会拿那道菜来下酒。二十一日,也就是案发前一天,她多做了不少。案件发生的当天早上,直子记得那道菜还剩了大半盘。然而案发之后她再往盘里一看,基本已经空了。原本她以为是被睡懒觉的女儿吃掉了。"

"难道不是吗?"

"不,不是的。"佐伯指出,"从解剖结果来看,鲤登明里的胃几乎是空的。"

"这样啊……"

"是的。"平塚继续说道,"也不可能是她丈夫一喜在案发之后吃的,毕竟女儿被杀了,又被一堆事搞得忙成一团,根本没有悠闲小酌的时间。那么到底是怎么回事呢?她想着想着,又发现罐装气泡酒也少了四罐。"

"罐装气泡酒?"

"是的。顺便一提,是柠檬味的。"他小声地加了一句"虽然无关紧要",接着说道,"这也是一喜最喜欢的饮料,尤其是在夏天,直子必须提前冻上几罐,否则他就会很不高兴。因此,那天早上直子也往冰箱里放了六罐,这点她记得很清楚。然而,就在案件发生后没多久,直子因为别的事打开冰箱,发现气泡酒只剩两罐了——以上是直子的证言。"

"也不是她丈夫喝的?"

"一喜说没有印象自己喝了。但也有可能是明里趁双亲都不在家时偷喝的。"

"该有六罐,却只剩下了两罐。这么说来就是喝了四罐。解剖时应该能发现啊。"

"那……"一阵令人难堪的沉默,"该不会是,凶手在那里大吃大喝了吧?"

"谁知道呢。不过,南蛮腌竹荚鱼和罐装气泡酒消失了,也许是有凶手以外的人曾经来访过。"

"这么说来,是明里接待了客人,并拿出那些东西来招待?"

"但是,那种事真的有可能吗?毕竟直子出门的时间是十点,之后的一小时之内,鲤登明里就被杀害了。在这段时间里,一个喝掉了四罐气泡酒的来客如疾风般到来、又如疾风般离去,这实在是有点……"

"恐怕不太现实。当然,命案发生之后也不可能有人来访。就算真的有,厨房旁边的餐厅里就躺着明里的尸体。无视尸体的存在扫荡冰箱,这实在有些难以想象,简直像个失败的玩笑。"

这么说来,果然是被凶手吃掉喝掉的吗?发现自己居然在认真地思考这问题时佐伯愣住了,这才是最不可能的事情吧!

身旁就躺着自己刚杀害的女高中生的尸体,凶手却毫不介意,从冰箱里拿出菜肴和饮料,就地吃喝,这种……这种事,真是太荒谬了。

RENDEZVOUS 5

"啊？表姐？"意外的消息令祐辅忍不住把刚倒满的啤酒杯又放回到了桌上，"是你的表姐？"

"嗯。"看上去没什么喝酒的兴致，只打算从头到尾负责倒酒的狮子丸又往小兔的杯子里倒满了啤酒泡，"是我母亲那边的亲戚，名字叫三津谷怜。"

"怜小姐，她就是曾洋之前的交往对象。"

八月三十一日。

多年以前，祐辅擅自把这一天定为"珍惜夏天余韵之日"。珍惜的方式非常简单，就是从早到晚一整天都懒散地喝啤酒。

虽说如此，但在自己家有一搭没一搭地喝酒总觉得不太够劲。外面的话，吃午饭时还好说，但早上就能喝酒的场所可是十分有限。现在祐辅他们正身处于大学背后的小路里的一家叫"便宜食堂"的店。

作为一家店面狭小、破旧，以学生为主要来客的餐厅，这店名未免有些俗气。不过鉴于这家店是一个名叫安井①的八十岁左右的老婆婆独自经营的，也没办法。菜单上只有每日换花样的套餐，不过

---

① 日语中"便宜（やすい）"和"安井（やすい）"的发音相同。

要是想吃荞麦面、乌冬或咖喱饭之类的食物，店家也会为你做。只要材料齐全，哪怕你任性地说"总觉得今天好想吃煎猪排哦"也没问题，是家非常随性大方的店。

食物的价格与店名一样，便宜，所以深受万年缺钱的学生们喜爱，但也有缺点。首先，不知是不是为了削减经费，这里不提供毛巾，取而代之的是桌子上的纸巾，客人可以任意取用。

其次是太过狭小。只有一张年代久远的细长桌子，就是挤着坐也顶多能坐六个人。在厨房的隔板前还有三张折叠椅，在那里坐下来吃也可以。然而那绝不是什么吧台座一类的时髦座位，搞不好还会被正在做菜的安井婆婆叫过去打下手。帮忙从橱柜里取盘子都只能算是最初级的工作，听说有人曾经被婆婆塞了一把菜刀，让他"帮忙把这些菜切一下"。

这里除了元旦那天以外全年无休，从早七点营业到晚七点。春节是个例外，由于各种原因不能回父母家或不能回故乡过年的学生们都会聚到这里来，一起吃荞麦面，迎接新年。大家都知道那天会人满为患，还有可能到店外吃，所以许多人会自带折叠椅或简易小桌，在玄关前摆开阵势，简直像是集训一般。端茶倒水的活儿自然需要客人自理，就连上菜也得客人自取，这也是这家店的魅力之一。

这个季节，没有生啤对祐辅来说总觉得少了些什么，不过至少有瓶装啤酒，也就不要再抱怨了。毕竟他们从一大早就占领了仅有的一张餐桌，点的也净是一些下酒菜。即使这样却不用担心被赶走，真是一家值得感激的店。

曾洋的葬礼已经结束，狮子丸也回到了安槻。他似乎是从其他学生那里听说了祐辅正在找他的事，前一天主动打来了电话。

"您找我有事？"

"没，就是关于曾洋，有些事想问问你。正好，明天一起庆祝'珍惜夏天余韵之日'吧。"

"夏天余韵？啊，我听说过这个，名字倒是挺有情调，说白了就是喝酒大会吧？"

"嗯，算是吧。那明天早上八点，在'便宜食堂'集合，说好了。"

"呃！"电话那头传来了猛咳的声音，"学、学长，早上？早……上？是、是不是把晚上八点说错了？"

"要是晚上八点，不就跟平常的酒会一样了吗？要做和平常不同的事才行，毕竟是要珍惜夏天的余韵啊。"

"完全不知道你在说些什么。"

虽然祐辅也叫了其他学生，但准时来的只有小兔和狮子丸。毕竟要从一大早就陪祐辅有一搭没一搭地喝到晚上，实在是有些吃不消。说老实话，狮子丸其实也不太想来，但因为是自己主动联系祐辅的，所以不好拒绝。

"不知道为什么，只有这天举行的酒会，每年来参加的人都特别少。"

"那是当然。"

"啊呀，"小兔今天扎着和平时一样的三股辫，眼珠滴溜溜地转来转去，精神满满，"小池先生呢？"

"电话无法接通。家里也没人。"

"咦？怎么回事？"

"说起来，他好像说过要当他叔叔叔母的跟班，和他们一起去温泉旅行。可能还没有回来呢。"

后来他们才知道，小池先生在温泉旅馆里不慎食物中毒，进了医院。回到安槻后他也一直住在家里，卧床不起。

就这样，只有三人参加的"珍惜夏日余韵大会"开始了。虽然已到九月，却似乎没有什么变化，事实上夏天还在继续，所以这几个人明天也还是会聚会喝酒。

"早上喝的啤酒就是不一样啊。那么……"祐辅从狮子丸手里接过瓶子，往他的杯子里倒上了酒，"那位怜小姐，多大了？"

"嗯，是三十二，还是三十三来着？"

"真的比他大很多啊。"

"嗯，大一轮呢。"

小兔轻松地拎起空瓶，站起身，放进店内角落的啤酒柜中，又冲着厨房喊道："阿芹，我们再拿一瓶啤酒啊。"常客们都管安井婆婆叫"阿芹"，不知道是不是她的真名。

从冰箱中拿出一瓶啤酒的小兔用开瓶器"砰"的一声打开了盖子，这在自助式服务的店里并不算是什么稀罕事。在"便宜食堂"的惯例是，菜单上没写的酒水、菜品，都需要客人自己写到账单上。

"啤酒，追加一瓶。"

"好嘞。"阿芹把一道又一道菜摆在用来充当"吧台"的隔板上，小兔站在前面，拿着圆珠笔记录。

"谢谢。那个……"小兔一道菜一道菜地确认价钱，写在账单上，"汤汁蛋卷、炸竹荚鱼、土豆沙拉和凉拌豆腐。"

仿佛在自己家里一般，小兔又借了个托盘，把几道菜送上了餐桌。

狮子丸站起身，打开大型电饭锅盛了一碗饭，又从大锅里舀了一勺味噌汤，并在账单上写上"饭一、味噌汤一"。

"怎么回事啊，喂！"祐辅往炸竹荚鱼上浇满辣酱油，"米饭配味噌汤？简直像是在吃早饭啊。"

"不不，这就是早饭啊，至少对我来说。"

"阿芹——追加一份鸡皮蘸柚子醋，葱稍微放多一点。再要一份洋葱圈。喂——小兔。"

"在呢、在呢，怎么了？"

"啤酒，一次拿三瓶过来吧，磨磨唧唧的。一人一瓶，自己倒自己喝。"

"不行不行。"坐下的小兔将祐辅倒的啤酒一口喝干，"咱们不是一直要在这里喝到傍晚吗？"她又给自己倒了一杯，照样一饮而尽，"时间还长着呢。唉，慢慢来嘛。"

"喂，这不是又空了嘛！"这次祐辅站起来，把空瓶放进橱柜，又从冰箱里拿出了一瓶。接着用开瓶器打开、记账。"第三瓶。小兔，怎么一直说要慢慢来的你才是喝得最多的那个啊？一下子就喝光了。还得再追加一瓶，不，两瓶，一起拿过去吧。那个……"他又拿起了圆珠笔，"这是第四瓶和第五瓶。"

"真是的，你们几个一来，啤酒有多少瓶都不够。"阿芹用不输给炸鸡皮的声音喊道，"要是没了，你们就自己去买吧，去'须贺'买。"

"须贺"是祐辅他们也很熟悉的附近的一家老酒铺。

"好——知道了——嗯？啊！"祐辅猛地拍了一下手，"对了，对了。"

"怎么了，学长？"

"头巾，我的那条。"他摸了摸额头，"我还在想到底丢到哪里了呢。"

"这么说来，上次你也没戴啊。原来是落在了'须贺'？"

"应该是。肯定是我一个人站着喝酒喝到烂醉的那次。"

"哎呀哎呀，就是因为你用那么寂寞的方式喝酒，才会连东西丢了都没发觉。下次我陪你一起去。"

"真是不可思议啊,我一直在想,"狮子丸把萝卜泥放在汤汁蛋卷上,和米饭一起吞了下去,"羽迫同学这小小的身体,到底是怎么毫无障碍地装下那么多啤酒的呢?"

"那当然是因为这个人。"把炸洋葱圈的盘子放到祐辅面前的小兔顺便朝着他的肩膀"咚"地捶了一拳,"和他混在一起的人,大多都会变成这样。"

"是这样吗?我怎么完全不觉得自己有变成那样的趋势。"

"狮子丸同学明明是我们三个人里看起来最能喝的啊,是因为跟学长混在一起的时间还不够长吧。"

"请饶了我吧。我和你们大家的身体构造可不一样。"

"那么,"在洋葱圈上浇上满满的番茄酱之后,祐辅把话题拉了回来,"以那位怜小姐为中心,你和曾洋形成了三角关系,是吧?"

"哈?哈?"汤汁蛋卷的残渣从狮子丸大张的嘴角掉到了饭上,"三角……什、什么啊?这是什么话?"

"不是吗?"

"什、什么是不是的,这种谣言到底是从哪里传出来的啊?"

"似乎已经在学校里传开了哦。说曾洋之所以会抑郁甚至休学,都是因为和朋友狮子丸同时喜欢某位女性,形成了竞争的三角关系。"

"什……什么啊。这事到底是怎么被扭曲成这样的?"

一直只是把杯子放到嘴边的狮子丸第一次以惊人的气势喝了一大口。不知道是因为啤酒太苦,还是觉得这毫不负责的流言太可恨,他的脸突然扭曲到了狰狞的地步。

祐辅立刻把空杯灌满。狮子丸的脸皱得越来越厉害,这次又一气喝干了。

"曾洋的烦恼确实是男女问题,这点没错。但是和我没关系。不,也不能说完全没有关系，但不是那种关系。"

"也就是说，你对你的表姐怜小姐，并没有什么爱慕之情之类的？"

"怎么可能啊？而且说到底，怜姐已经是有夫之妇了啊。"

"有夫之妇？"

祐辅不禁与小兔对望了一眼。

"咦？也就是说，曾洋是因为爱上了有夫之妇而烦恼？"

"不，不是。和那家伙认识的时候，怜姐还单身。要是从头开始说的话……"狮子丸第一次主动往自己的杯子里倒了啤酒，"一开始介绍曾洋和怜姐认识的，就是我。"

去年夏天，同时拿到打工薪水的曾洋和狮子丸为了庆祝，决定一起吃顿饭。

"然后，他问我知不知道什么好地方，我就说我表姐开了家文字烧店，要不就去那里吧。"

"咦？安槻还有文字烧店啊？"小兔双眼圆瞪，"我都不知道呢。"

"去年刚开，名叫'粉铁'，是怜姐和几个朋友一起经营的。菜单很丰富，就连肉和海鲜也都可以做成铁板烧。"

"哦？"祐辅也兴致勃勃地向前探身，"这可一定要去试试。"

"学长，口水、口水。"

"哎呀呀呀呀。"

"然后，我们就去了'粉铁'。因为怜姐的关系，还给了我们优惠，总之大吃大喝了一番。我吃得非常满足，但曾洋看上去有些心不在焉。"

"哈哈，肯定是因为过于在意接待客人的怜小姐的缘故。"

狮子丸苦涩地点了点头，又仿佛要将这份苦涩抵消一般，不断大口地喝啤酒。

"他说，他一见钟情了。"

"怜小姐一定是个美人吧？"

"嗯……我从小就经常和她一起玩，所以不觉得有什么特别。但对曾洋来说，那貌似是一次十分具有冲击力的相遇，就像女神降临了一般。"

仿佛失去了食欲，狮子丸把还剩大半碗饭的碗和筷子推到了桌子边缘，像是丢弃不要了一般。

"当时我只是应了一句'啊——原来你喜欢这种类型啊'什么的，还有闲情跟他开玩笑。真是不走运啊……"

"就算曾洋再怎么喜欢人家也没用，是吧？要是怜小姐本人没那个意思的话。而且毕竟人家比他大上一轮呢。"

"不，不是那么回事。正好相反。"

"欸？相反？什么意思？"

"那天之后，曾洋就每天闷闷不乐，整天都只想着怜姐的事，一个劲儿地向我打听她有什么爱好、喜欢哪个艺人之类的无关痛痒的信息。"

"那时怜小姐是单身吗？"

"是。曾洋也问过这个问题，我当时也是这么回答的。可他还是没完没了地说什么，就算我说她是单身，但那么漂亮的人，一定有男朋友，他肯定没机会之类的。我实在被他说的有点烦了，就在之后问了怜姐她有没有正在交往的男朋友。她回答说现在没有。这还不算，我姐姐还说出了令人意外的话。"

原本对喝酒一事不太上心的狮子丸突然开始疯狂地自斟自饮，小兔只好频频往返冰箱和餐桌，负责补充啤酒。

"她居然说'说起来,上次阿尚——阿尚就是我——带到店里的那个朋友,真可爱啊。我有点喜欢那种类型……'什么的。"

"哟,居然?"

"我可一句都没提到曾洋呢。"

"难道不只是一句奉承话?"

"要是在曾洋本人面前说的就算了,都那时候了,再跟我说我朋友的奉承话,也没用吧。"

"也是。"

"当然,那时怜姐应该知道曾洋与我同龄,所以听起来像是一句随意的玩笑。但她会说出这么直白的话,这件事本身就很令人意外,于是我就不由得鬼迷心窍地想,搞不好曾洋也不是完全没有希望。现在想想,要是不说那种多余的话就好了。"

"你对怜小姐说什么了?"

"我就直说了,说那个曾洋,好像对怜姐你一见钟情了。"

"然后呢?"

"她回答说'我好高兴,替我向他问好什么的'。语气很轻巧,但好像也不是很反感,或者说,感觉挺认真的。"

"这件事,你跟曾洋说了?"

"说了。所以才坏了事。"

停不下往嘴里灌酒的狮子丸,脸已经变得像熟透的西红柿一样了。

"我真是太大意了。同为男人,我应该再好好考虑一下,当被女性主动示好时,男人会多么得意忘形,可能会做出给他人带来多大麻烦的愚蠢行为。"

"也就是说,曾洋以为好事已成了?"

"是啊。"狮子丸打了个响亮的嗝,"典型的男人的自以为是,觉得这么一来,这个女人就是我的了。"

"然而,怜小姐还……"

"我的参与就到此为止了,后来他们两人就直接联系了。再后来曾洋就一下子陷得很深,以至于难以自拔。"

"深到了什么程度?"

"我当然没有亲眼看见,所以也不好说什么。但曾洋的投入程度的确非同小可。为了和怜姐约会并送礼物,他把打工的量增加了一倍,为此经常旷课,联谊则是压根不去了。"

"这么说来,记得是从去年夏天开始吧,在酒会上就看不到他的身影了。"

"要是能顺利发展下去也好,然而天不从人愿。我自己思考,得出的结论是曾洋还是个孩子,不知道分寸,失去了控制。我听说他后来独占欲爆发,对怜姐的私生活各方面都指手画脚。这样一来,就算怜姐一开始觉得他是个可爱的年轻男孩,最终也会变得只能看到他烦人的一面。"

"这是很常见的情况啊。"

"怜姐想与曾洋拉开距离,没想到十分困难,毕竟是她先说出对他有意的。"

"是啊。"

这么说来,祐辅也回忆起来了。是"双小南"说的吧?什么女人主动向男人表示好感,真是再愚蠢不过了。还说如果一不小心做出那种举动,男人就会在会错意后越来越自大,轻易无视那条在人际交往中本应守住的界线,开始否定女性的人格。眼下三津谷怜的例子就是典型的失败案例。

"就因为怜小姐不小心表现出了好感,才使得曾洋开始忘乎所以,或者说行为逐步升级。"

"怜姐大概也觉得厌烦了,想要和他好好地清算关系。然而,可想而知……"

"吵起来了?"

"从曾洋的角度来看,自己什么都没有做错,却突然遭到冷待,他觉得自己完全是一名受害者。"

"这也很常见。"

"原来所谓的失去理智,指的就是那种状态。不,绝对不能说这事与我们无关。当被女人冷漠对待时,男人是没有先暂停一下,考虑自己是不是做错了什么的从容的。他们会先不管三七二十一地纠缠不休,总认为只要谈谈就能让对方明白,一味地强行要求破镜重圆。但从女性的立场来看,两人的关系已经没有修复的可能,分手已成定数。然而男人却不懂这一点,只一心认为女方对自己做出了蛮不讲理的行为,满脑子充满了被害者意识。"

"其实,他不仅不是被害者,"可能是被狮子丸感染,小兔干杯的速度也逐渐变快,"曾洋同学还渐渐地变成了一个加害者。这一切还真是讽刺啊。"

"就是这么回事。从曾洋的角度来看,大概除了自己才是被害者这一意识之外,还对自己对怜姐的纯爱之心深信不疑,从而产生了一种不管自己做什么,都能被正当化的错觉。最终他做出了像是跟踪狂一般的行为。"

"哎呀——"

"具体情况我也不知道,不过怜姐似乎受到了强烈的刺激,患上了神经衰弱,已经严重到了无法在自己家中住下去的程度。"

"曾洋都跑到她家逼她了?"

"似乎还发生过怜姐正要出门时,发现曾洋就站在电线杆背后一直盯着她看的事。"

"呜哇——"虽然正值盛夏,小兔却像突然遭遇寒流袭击一般,抱着自己的身体抖了抖,"太、太差劲了。"

"既然没法住在自己家里,怜小姐她,"祐辅也是一脸后悔提起这个话题的表情,"怎么办了?"

"她逃出去避难了,去亲戚家。这件事就只有我被排除在外,没有人告知,我是在很久以后才知道的。"

"可能他们对你有所戒备,怕你把情报泄露给曾洋吧。"

"应该也有这个原因。毕竟不管怎么说,我和曾洋是朋友这一点是不会改变的,亲戚们想必也感到苦恼不已,不知该如何处理这件事吧。而且不止她家,曾洋还经常出没'粉铁'周围,埋伏着等待怜姐。"

"真恐怖……不过,陷入忘我状态的人,是看不见周围的状况的。"

"毕竟恋爱就是一出戏,即便是正常人,只要中了这种毒,也会变得奇怪,做出一些荒唐的事。"

"戏啊,原来如此。唉,对学长来说,真是个高明的比喻啊。"

"不是经常有人这么说吗,小兔?什么恋爱就是氰化钾之类的。"

"哈?那个学长,你想说的应该是,恋爱是出乎意料的?[①]"

"阿芹,来份火腿排和炸土豆。"祐辅用追加点菜的方式试图蒙混过关,"也就是说,虽然怜姐偷偷跑到亲戚家避难,也没能使问题得到解决。"

"是的。因为曾洋会专门挑怜姐在店里的时间跑去骚扰。"

[①]祐辅想表达的惯用语是"恋は思案の外(恋爱是出乎意料的)",其中的"思案の外(出乎意料)"与"氰化钾(シアン化カリウム)"的读音相似。

"这完全是妨碍人家做生意啊。没有叫警察吗?"

"其他店员曾经警告过他几次要叫警察,他就逃走了。然而他一直不放弃。就在这样的骚扰不断上演的某天,他与当时正巧在店里的客人发生了冲突。"

"你说曾洋?"

"是的。据说就在他和往常一样,逼怜姐与他复合时,一位年长的男性客人突然大怒,对他吼道:'你给我差不多得了,没看出她很烦你吗?'"

"看来是个正义感很强的人啊。"

"谁知道呢,听说那人好像喝了不少酒。总之,据说那个客人把曾洋骂了个狗血淋头,说了类似'什么重归于好啊?就你这么个满身尿骚味的小鬼,还好意思说这种狗屁一样的狂妄话,还早了十年呢,赶紧滚回去干活吧'之类的话。"

"虽然说得不好听,不过话糙理不糙。"

"曾洋可能也气急了,就把那个大叔叫到外面,两人打了一架。不对,应该说是曾洋被揍了一顿。"

"那就是对方不好了。"

"这件事大概是在今年年初发生的,他似乎因此受到了相当大的打击。"

"从那时起他就不来上学了啊。"

"完全闭门不出……怎么说呢,我觉得自己也有责任。"

"狮子丸你不用负任何责任啊。"

"但还是会觉得有责任。觉得这样下去,自己必须得做点什么。本来我想努力让他打起精神来,但不知他是不是彻底厌世了,在走上弯路、受到挫折后,他变得十分消沉,完全不理我。"

"被那个大叔揍得那么惨,对他来说应该是很大的屈辱吧?"

"这应该是很重要的一个原因。毕竟主动提出到店外打架的是曾洋,他肯定是小看了那个大叔,觉得这种家伙能够轻松搞定吧。"

"哎呀呀。"

"从结果来看,由于这件事,曾洋不再纠缠怜姐了。所以换个角度来看,这样的结果也还算不错。但是我又开始非常担心,怕曾洋会不会上吊自杀之类的。我一个人什么也做不了,所以我就把这件事告诉了曾洋的双亲,还找了很多人商量,结果……"

"结果,他休学了。不过啊,上次,十七号我们不是办了一次酒会吗?那时曾洋看起来振作了不少啊。"

"不,那是……"

刚才还在说个不停的狮子丸突然欲言又止,表情狰狞扭曲,让人觉得他嘴里含的啤酒是不是突然变成了醋。比起犹豫,他脸上浮现出的更多是苦涩。

祐辅对小兔使了个眼色。小兔默契地站起身,从橱柜里拿出一瓶一升装的日本酒,当然没忘在账单上写下"酒,大瓶一"。如果买这种一升的瓶装酒,没喝完的可以带回家,这是这家店的规矩。

"我记得那晚,"一口气喝下半杯酒的狮子丸叹了一口气,"曾洋特别开朗,大概在别人眼里看来就像是振作起来了……在不知内情的人眼里。"

"内情?什么内情?"

"实际上,那场酒会的前一天,我与曾洋见了一面。是他难得地主动来找我,我就随便跟他聊了两句,最近什么状况、怎么样,有没有精神点了之类的……然后,你猜他说了什么?"

狮子丸使劲儿闭上眼,像在喝苦药一般咽下一口冷酒。

"他说,我知道怜藏在哪里了。"

"哈?"

祐辅和小兔都张大了嘴。

"等、等一下,也就是说……"

"还是一副无比喜悦的样子。我真是无话可说了。这家伙,给怜姐和周围的人增添了那么多的麻烦,他到底是怎么想的啊?"

"估计什么都没想吧。他会说出这种话,证明他心中应该只有被害者意识,而且越来越强吧。"

"我也这么觉得。而且,他直呼怜姐的名字,这点也让我感到很不舒服。但是曾洋完全不顾我的心情,还问我:'你大概不知道把她藏起来的亲戚家在哪儿吧?'我当然回答不知道。刚才我也说了,没人告诉我,所以我是真的不知道。"

"然后呢?"

"他得意扬扬地说,把怜藏起来的,是洞口町的名理一家。"

"欸,洞口町?也就是说,是那个儿童公园的……等、等一下,那也就是说,曾洋那天晚上,是打算去怜小姐所在的地方?"

"啊?"狮子丸一下子从咀嚼苦虫般的表情变为一脸呆愣,"啊?不可能啊。"

"为什么?毕竟曾洋的确是在洞口町的儿童公园遇到了那种事。"

"确实,那家叫名理的亲戚住在那里。"狮子丸说明了"名理"是哪两个汉字,"但是,怜姐已经不住在那里了。"

"是吗?也是啊。既然跟踪狂的行为已经终止了,她应该也回到了自己家。"

"不是,是因为她结婚了。在今年四月。店也关了。现在她根本就不在安槻。"

"那她现在在哪里?"

"米兰。"

"北海道的?"

"不是的学长,那是富良野①。是米兰,意大利的米兰。"

"意大利?"

祐辅和小兔不禁同时发出了"哇——"的欢呼声。

"真、真的?"

"她嫁给了一个意大利人。据说是那个男人来安槻旅游时到'粉铁'吃了文字烧,两人以此为契机,开始恋爱。"

"但、但是,等等。曾洋被那个大叔惨揍是在今年年初,而怜小姐结婚是在四月?"

"确实没隔多久,我一开始听说时也觉得这也太快了。他们是在三月邂逅的,真的算是闪电结婚。"

"哇——"祐辅往自己的杯子里倒入冷酒,像做梦一般两眼望向虚空,"这样啊……这样啊。见面一个月就闪婚了,这也不赖嘛。"

"学长,口水,口水。"

"哎呀呀呀呀。"

"也许这么说有些牵强,但如果没有曾洋的跟踪狂事件,搞不好家人们还会反对怜姐的跨国婚姻呢。"

"原来如此。虽然问题算是暂时平息了,但也不能保证什么时候会再次出现,所以不如干脆去外国避难,这也不失为一个方法。"

原来是这样,怪不得,祐辅明白了,七濑刑警之所以断言那位与曾洋交往过的女性与本案无关,并不是因为对照了她的指纹,而

---

① "富良野(ふらの)"是北海道的一个城市,在日语中与"米兰(ミラノ)"的读音相近。

是因为这名叫三津谷怜的女性已经不在日本居住了。

"但是,如果是这样的话,曾洋去洞口町的目的就不是见怜小姐了。那么,他那晚是约了别的女性见面?"

"不,这也不一定。"小兔又一个人灌起了啤酒,"搞不好还是冲着怜小姐去的。"

"嗯?为什么?"

"说到四月,不正是曾洋回老家的那段时间吗?这么说来,他应该对怜小姐的跨国婚姻和已经移居意大利的事情毫不知情吧?"

"不是的。我十六号和曾洋见面时明确对他说过了。我说叫名理的那家亲戚确实住在洞口町,但怜姐已经不住在那儿了。她和一个意大利人成了家,离开日本了。"

"咦?是吗?"小兔一边在手里把玩着喝空的杯子,一边歪起了头,"那可能是我想错了吧。"

"想错了什么?"

"在我看来,那天晚上曾洋还是打算去找怜小姐的。然而毕竟是那么晚了,搞不好他不打算直接与她见面。哎呀,以前的纯爱电影里不是经常那么演吗?下雪的时候——虽然现在是夏天——主人公躲在电线杆后面,偷偷看着女孩子亮着灯的房间窗户之类的。搞不好他是想去沉浸在类似这样的自我陶醉之中。"

"啊,好……疼疼疼。"

"怎么了学长?吃坏肚子了?"

"不,只是想起了以前的事,有些自我厌恶。唉,没、没事,快说下去。"

"他到达洞口町之后,把偶然慢跑经过的女性误认成了怜小姐。于是,在冲动之下起了歹心——"

"然后就袭击了她?"

"但、但是,羽迫同学。"狮子丸以仿佛要把桌子掀翻的气势探出了身,"我说过了,曾洋那家伙已经清楚地知道怜姐不在名理家的事了。"

"搞不好曾洋以为那只是个玩笑呢。"

"啊?玩、玩笑?"

"我想了想刚才自己的反应。听到怜小姐现在住在米兰时,我在一瞬间觉得'这叫什么事',听起来像笑话一样,尽管只有一瞬间。学长你呢?虽然你装傻说什么北海道之类的,但你应该也跟我有类似的看法吧?"

"说起来,也许还真是。"

"无论是我还是学长,都没有特殊理由怀疑你说的话的真实性,只是在一瞬间觉得像个笑话,之后就立刻接受了怜小姐现在已经不在日本了的事实。然而曾洋同学呢?他会不会一直认为那就是一个玩笑?他会不会觉得,这是你为了不让他再次接近怜小姐而撒的一个蹩脚的谎?我觉得不是没有可能。毕竟直到最近,直到今年年初,那名女性还没有与自己断绝来往,四月就结婚出国了。搞不好曾洋从一开始就断定,如此突然的转折是不可能发生的。"

"这……"狮子丸陷入了沉思,"被你这么一说,的确很有可能,从他当时半含冷笑的态度来看也像是。但直到刚才为止,我都没有想过这一点。"

"即使曾洋不是为了去见怜小姐,而是想独自沉浸在自恋情绪里,他也确实跑到了洞口町。在那里,他看到了一名正在慢跑的女性,误以为是怜小姐,于是……不对。"祐辅抽出一根烟叼在嘴里,"如果是那样,又要回到凶器是从哪里入手这一问题上了。"

"什么意思?"祐辅对发问的狮子丸说明了十七号晚上,在"三瓶"门前分开时曾洋空着手的事。

"也就是说,刀是女方拿来的?而且还是为了杀害曾洋?"

"我也觉得难以置信,但从现场状况来看,只能这么想。"

"就算是女方准备的凶器,会不会不是为了杀害曾洋,而是出于其他理由?"

"比如说?"

"比如怕夜跑会遇到危险,用于防身之类的?"

"那样的话应该有其他更适合的工具吧?比如防狼警报器之类的。一上来就带把刀子,这才可怕呢。况且如果是瑞士刀之类的还好说,一般人会拿着三德刀跑步吗?"

"这么说来,那位女性果然带着明确的杀意,对吧?是为了杀害曾洋才准备了凶器。"

"这个……"

三人不由自主地偷望彼此。并不是完全没有可能——虽然没说出口,但全员的表情都传达着这个意思。

"鉴于那个女人的身份至今不明,所以我也不太好说……"狮子丸怯怯地打破沉默,"但是曾洋那家伙,除了怜姐这事,搞不好还跟别人发生过矛盾。也许其他人对他的怨恨才是导致他被刺杀的原因。"

"等等。"祐辅点燃一根烟,吐出一口烟雾,"那场酒会的前一天,曾洋对你说找到了名理家的事,是他第一次说吗?"

"是的。是在十六号。正如我刚才所说,我马上对他说了怜姐已经移居意大利的事,完全没有想到他竟然会跑到洞口町去。那时他明显还对怜姐眷恋不已,让我感觉有点危险,所以我才会在第二天拜托学长您举办酒会。"

"哦，原来是这样，是为了转移曾洋的注意力。"

"不过，说起学长举办的酒会，"原本就已经像番茄一样的狮子丸的脸变得更红了，"我……我只是觉得，也许高濑小姐会来，嗯。"

"高千？啊，这么说来，你那晚很在意她没有来的事啊。"

"是的。要是有像高濑小姐那么美丽的人在，也许曾洋那家伙对怜姐的恋慕之情会减轻许多。我当时是这么期待的来着。"

"你这不是除灵的方法吗？不过，曾洋没见过高千吗？"

"应该见过。但是我觉得他可能从根本上觉得高濑小姐跟他不是一个世界的，所以没有把她纳入自己的视野。如果他意识到其实身边就有像高濑小姐这样的人存在，应该就能领悟到没必要对一个女人那么执着，这个世界上还有很多应该去见识的事物。"

"哎呀哎呀，你简直就像他妈妈一样关心他啊。"

"你还真是辛苦啊，狮子丸。"小兔说这句话的同时，一对年轻男女一边说着"早上好"，一边走进了"便宜食堂"。

是尼采和本名"日南子"的那个小南。严格上来说，应该是南子。

"哦，是你们俩。"祐辅举杯示意。

"早上好。"南子点了点头，坐到了小兔的旁边，"怎么了，为什么一大早就在灌酒啊，各位？"

"欢迎来到珍惜夏日余韵大会。"

"哦哟，原来这就是传说中的那个啊。"尼采在南子的正对面坐下，"不好意思，我们就免了，我们俩只是来吃早饭的。"

"您好，要两份每日套餐。"

尼采点餐后，阿芹笑着说："啊，总算有正经的客人来了。"

"哇哈哈哈，真严厉啊，阿芹。"把烟头按熄在烟灰缸中的祐辅喝了一口杯中的酒，"不过，你们两个居然会一起来吃饭，什么时候走得这么近的？"

"是啊——真意外——"小兔满脸笑容地轮流看着两人，"南子和尼采啊。但是，嗯，应该不错——"

"不不不，不是那样子啦。"虽然把手挥得像汽车雨刷一样，南子却没有强硬地否认。

"嗯？"歪着头出声的是狮子丸。不知想到了什么，他一脸不可思议地轮流看着坐在与自己隔了一张椅子上的尼采，和坐在斜对面的南子。

"嗯？"尼采似乎感受到了狮子丸的视线，起初很疑惑，后来仿佛想起了什么，"不，不是的、不是的。"他站起身来，开始辩解，"不是的，是我误会了。"

"误会？什么？"

"该怎么解释呢？嗯……真不好办啊。"

"喂喂，这位同学，不要有所隐瞒。"祐辅用下巴指了指冰箱，又用手指向尼采，"给我速速招来。不然先来点儿啤酒？说话会顺畅不少哦。"

"怎么可以这样。没有，其实不是什么大事。太丢脸了——其实……"尼采看向南子，做出低头跪拜的样子，"你别生气啊。但是我估计除了我以外，学校里还有很多人也有同样的误会。"

"所以说，你到底误会什么了？"

"是'双小南'的事。她们的本名不是叫饭野阳南和高良日南子吗？但我一直把她们的姓氏记反了。"

"啊？也就是说，赞川同学你一直以为我叫饭野日南子来着？"

"因为你们俩，'双小南'不是经常在一起吗？我忘了曾经在什么时候向别人问过到底哪个叫饭野、哪个叫高良，肯定是告诉我的那个人弄错了，不然就是我听错了。"

"什么啊，原来是这样啊。"仿佛是对这无聊的答案感到安心，一直阴沉着脸的狮子丸表情变得明朗了一些，"我那时是白紧张了。"

"是啊，真是够了。"

面对感叹着的尼采，祐辅又开口了。"喂喂，别光你们两个明白了，就不告诉其他人啊。看来得用啤酒把你们的舌头捋得像布丁一样滑溜，对你们进行一番教育性指导。"

"十七号的那次酒会，"狮子丸向说了一通意义不明的话的祐辅解释道，"不是尼采负责把大家的钱收集起来的吗？"

"嗯。不过，把小票拿给我的却是狮子丸啊。也就是说，是狮子丸代替尼采付的钱？"

"是的，这是因为，就在尼采要去柜台的时候，早田队员突然自言自语地说了一句'我想鼓起勇气邀请饭野同学去别的店'。"

"哈哈。"祐辅新叼了一根烟，坏笑着斜眼看向尼采，"而你错以为他说的是日南子，就慌乱到不行？"

"是的。"似乎回想起了当时慌乱的样子，尼采苦笑了起来，"当时我一心想着不能让早田队员抢了先，焦躁得不行，于是便让狮子丸代替我去柜台付账，自己慌慌张张地奔到了店外。结果……"

"你找到了早田队员，却发现他的搭讪对象不是南子，而是阳南。"

"准确来说，是试图搭讪，却错失了机会。这时我才终于发现我一直以来的认知错误。"

"原来如此，像这样的误会，无论是大事还是小事，在这个世界上似乎随处可见，要是不问问清楚还真不知道。"

没有回应祐辅"喝一点再走"的邀请，尼采和南子淡然地吃完竹荚鱼干今日套餐，立刻离开了。

"真是不合群的家伙啊,就不能换个人来吗?啊,对了。要是接下来早田队员和阳南他们俩来了就好玩了。开玩笑的,这种像漫画一样的事,怎么可能发生呢。"

"那个,学长。"狮子丸有些摇晃地站起了身,"我也差不多了,能就此告辞吗?我好像有点得意忘形,喝太多了。"

"哦哦,辛苦了。啊,狮子丸,稍等一下。再问你一件事,行吗?"

"什么?"

"我刚才就想问你了。关于洞口町的名理家的事,曾洋是在十六号第一次对你提起的,对吧?那时从他的语气来看,你觉得他像是已经实际去过名理家了吗?"

"嗯……"不知是不是因为头痛,狮子丸按住太阳穴,皱起了眉,"是不是呢?我也不清楚。不过他的口气带点炫耀,像是在说'可算是被我找到了',我感觉可能还没实地去过。啊,对了,因为这个我想到了,他之所以会对我说那种挑衅的话,可能是想向我宣告他总有一天会去找怜姐。虽然我当时是以怜姐已经不在日本的前提下与他交谈的,所以完全没明白他想表达什么。"

"原来如此。你们俩的对话,肯定是没对上。"

"其实……"狮子丸又像摔了个屁墩儿般跌回到椅子上,"其实,曾洋这家伙,是个好人。但为什么会遇到这种事?为什么会以那种,仿佛变了个人似的难看方式迎接人生的终点呢?还是因为我……要是我没有做多余的事……"

"你这么想可就错了。不管起因是什么,终究还是曾洋自己的问题。"

"他的家长也是这么跟我说的。葬礼之后,我去向他们道歉,他们说这不是你的责任,而是没有守住分寸的阿洋自己的问题,还不停向我道歉,说反倒是阿洋给石丸同学和你的亲戚们添了麻烦,真是非常抱歉……对我来说,他们这样反而让我觉得,怎么说呢,更加痛苦。"

狮子丸拿起剩下的酒,本已送到嘴边,最终又放回到了桌上。

"抱歉,我今天已经到极限了。"

"当然,不要勉强。"

"下次喝酒时请再叫上我。"

"好嘞。再见,小心点。"

小兔也跟在狮子丸身后静静地走出店门,默默目送他离开的背影,直到消失不见。

"明明有一个这么好的朋友,"小兔回到桌子上,叹了口气,"曾洋同学真是的。"

"还没有明白彼此之间的心意,就永别了……唉。"

为了不让自己陷入过度的感伤,祐辅用格外开朗的声音叫了声"阿芹",又追加了几道菜。"请给我炸鸡块和意大利面。"

"总觉得……像是小孩子会点的东西。"不知是不是想抓住这个机会,小兔也随之一变,开心地嘲笑着祐辅,"完全不像是下酒菜啊。"

"有什么关系,我喜欢啊。小兔你呢?"祐辅举起一升装的酒瓶示意,"还喝啤酒?"

"嗯。喂,学长。"

"嗯?"

"关于曾洋同学的事,假设那个在儿童公园的女性一开始就抱着杀意,想要袭击他。如果是那样,他们两人到底是在何时何地认识的呢?"

"不知道啊。关于这一点,完全没有头绪,只能问他们本人了。"

"要是目击者提供的与自己年龄相仿这一描述无误,那名女性应该是三十多岁。我很怀疑,对一个大学男生来说,有认识如此成熟的女性的机会吗?"

"那可不好说。现实中曾洋和怜小姐就曾经交往过啊。"

"我还是不太能接受。我觉得曾洋同学应该没和任何人约好见面。就像刚才我说过的,他原计划是跑到把怜小姐藏起来的那家门前,像浪漫爱情剧的主角一样,在那里伫立整晚的。随后路过了一名正在慢跑的女性。由于是在那个地方,曾洋就将那名女性误认成了怜小姐,因为对她仍然十分眷恋,他突然起了邪念——我觉得这种想法才更说得通。"

"可是凶器要怎么解释?如果是这样,结论就会是凶器是曾洋准备的。"

"是啊。嗯……啊,好香的味道。"小兔高兴地把盛有冒着热气的意大利面的盘子端了过来,"哇——看着好好吃。我开吃了——"

"喂,你也要吃啊?你不是说这是小孩子吃的吗?那就对半分哦,对半分。"

"我去要一个分装用的盘子吧。"

"别,等等。把这个这样放,我喜欢这么吃。"

祐辅把一半炸鸡块倒进了意面里,又把一半意面和剩下的炸鸡块搅在了一起。

"真、真、真好吃!"他把沾满番茄酱的面条拌在一起,大口大口地吃着,"世、世界第一,好吃!"

"真是个小孩子。说起来,比起日本酒,这种吃法应该更适合搭配啤酒吧?"

"哦哦,非常正确!"

"先不管这个，"小兔"咔嚓"一口咬下热气腾腾的炸鸡块，"那两个人，居然会在这种时间在一起，会不会是一起过了夜？"

"尼采和南子？也许吧。"祐辅把啤酒大口大口地灌进沾上了番茄酱的嘴里，"唉，就当是男方顺利表白成功了吧。可喜可贺、可喜可贺。"

"顺利？"

祐辅简单地说明了"双小南"曾针对女方对男方主动示好是件多么愚蠢的事展开过热烈的讨论。"她们就是这么说的。所以肯定不是南子主动送的秋波，那么自然就是尼采鼓起勇气去表白的了。"

"原来如此……不过能在正式向对方表白之前发现搞错了对方的姓氏，真是太好了。要是一直把高良同学误认成饭野同学，搞不好会……"

突然，小兔闭上了嘴。刚夹起来的意面从筷子上滑了下来，番茄酱溅得到处都是，但她似乎完全没有注意到。

"学长……"

"嗯？怎么了？"

"搞不好……是被替换了？"

"啊？你指什么？不对，你指谁？"

"那个女人。袭击曾洋同学的那个。"

"啊？"

"准备菜刀的是那个女人，但目标不是曾洋同学，而是另有其人。"

"什么意思？"

"那个女人因为对某人抱有杀意而准备了凶器，然而她想杀的并不是曾洋同学，完全是另一个人。"

"完全是另一个人？你说得轻巧，但是在那个时段、那个场所，还有谁会晃来晃去的啊？"

"不是有吗？有一个人啊。"

祐辅眨了眨眼，"呜"地呻吟了一声。随着他不断咳嗽，炸鸡块的外皮碎屑都飞了出去。

"而且还是极为重要的、和案件有关的人。"

"盛、盛田先生？那位目击者？"

"那个女人想杀的是盛田先生，但她把偶然来到儿童公园的曾洋同学和真正的目标搞混了。这样一想就能说通了。"

"不，等等。可是，盛田先生说他平时就经常看到那个女人，完全是他不认识的女人啊。那样的人，为什么会……"

"就算盛田先生不认识她，她也有可能认识盛田先生。也就是说，他有可能是在自己不知道的情况下，被他人怨恨。"

茫然的祐辅似乎终于回过了神，把手伸向纸巾盒。不知是不是为了平复心情，他格外缓慢地擦了擦嘴。

"而且，如果这样想，有些谜团就可以解释清楚了。"

"谜团？什么谜团？"

"为什么她总是在深夜时段特意出来跑步这个谜团。"

"确实有些不太小心……"

"这也是她出于特定的目的而有意为之的。她装作在慢跑，实际上是在观察，观察盛田先生。难道她不是为了掌握盛田先生每晚都会到公园抽一口烟才回家的习惯，好暗中寻找袭击的时机吗？"

"抽烟……"

啊！祐辅站起身，碰倒了杯子，剩下的少量啤酒流到了桌子上，但他对此毫不在意。

"怎么了，学长？"

"烟。对了，是烟。是我给曾洋的。那天与他道别的时候，我把剩下的烟连同盒子一起给他了，因为他说他的抽光了。"

"那么，曾洋同学拿着那包烟，去了洞口町？"

"和刑警他们说明的时候，我一直说他是空着手的，所以连我自己也产生了错觉，好像曾洋当时什么都没拿一样。其实他手里拿了东西，拿了烟，并且在那个公园……"

"抽了烟。看见他抽烟的样子，那个女人就把曾洋同学错认成了盛田先生。"

"不，不能再在这里待下去了。电话，我要打电话。阿芹，借我电话。"

几乎就在祐辅飞扑向摆在厨房旁边架子上的电话的同时，店门突然打开了。

"啊！"响起了一个女声，"真的在这里欸。"

回过头的祐辅因为过于意外下巴差点儿掉了，可以说他惊讶得简直要笑出来。

站在那里的，不就是穿着西装套装的七濑吗？正是她没错。

正要打电话的对象突然出现在了眼前，这简直像一出没有预告的魔术表演，又像是被人施展了一场骗术。复杂的心情在祐辅心中久久挥之不去。

"你们在啊……"

然而这份惊讶与看见七濑一边笑着说"真的在，就在这里"一边领进来的同伴相比，恐怕只能算是个开始。

"你们，怎么会……"

RENDEZVOUS 6

"果然，不行……吗？"

佐伯不由得叹了一口气。

"那当然了。"鹤桥巡查部长仿佛被传染了一般，也叹了口气，"并不是专门为了巡逻而去巡逻的，反而是有别的目的，顺便去巡逻的情况比较多。"

佐伯来到了镰苑派出所。

他手里拿着一摞明濑巡警在生前热心制作的居民登记卡，虽然按照出租公寓楼的名称分了类，但其中的大多数卡片上只记录了门牌号和户主的名字。有人的确是一个人住，但从电话号码这栏也有很多人空着不填的情况来看，大多数居民对暴露家族人员构成等具体的隐私信息还是很有抵触心理。

说到底这是自愿填写的卡片，想必直接拒绝填写的人也不在少数。填写了卡片的人中大概有些已经从填写的住所搬走了。

说得不好听一点，明濑巡警短短的职业生涯中一直做着无意义的工作。真正需要对居民的进出情况进行了解时，只要找公寓相关人员来协助就可以了。

当然明濑巡警也不是对这一事实毫无自觉。对他来说，比起制作卡片，不如说与辖区的居民接触才是最重要的事。一想到年轻的他的那份热情,佐伯不禁感到一阵难过。

"用这种方式记录的对象,只有人员更换较为频繁的出租屋住户。另外这些卡片的内容应该不会被本部门之外的人看到,就算被看到,也——"

"寻访各家各户时似乎没有什么特定的规律?"

"应该没有。更何况像鲤登家那种一般住户,连卡片都不用写,他只是作为新上任的巡警去打个招呼。"

"他有没有可能对照着地图,从特定的区域开始按顺序寻访之类的?"

"多少可能会。但就像我刚才说的,我们基本上都是因为别的事出去,然后顺便去寻访。就算他有自己的规则,但想要尽量依照规则寻访,恐怕也很难做到。"

"也就是说,他人无法预测到他下一次将会访问哪家吗?"

"说到底,不管是出租屋还是一般住宅,巡警上门拜访时都经常没人在家。当时会计划改日再来,但明濑也是人,很多时候就忘了。"

"是啊……"

不管怎么讨论,结论都只有一个,那就是……

外面的人自然不用说,就连警察相关人员——不,估计连明濑巡警自己都不可能预测到那天他会去鲤登家。

可是,这样一来……佐伯抱住了头。这样一来,鲤登直子的证言,该如何解释呢?

事先存放的南蛮腌竹荚鱼,以及本应冻好的四罐气泡酒,从冰箱里消失了。不可能是被女儿明里或丈夫一喜吃掉喝掉的话……

只能认为是凶手吃掉喝掉的了。而且从时间上来判断,凶手就是在杀害鲤登明里之后,在命案现场大吃大喝的。这种事情……

这种事情，有可能发生吗？

如果有可能的话——佐伯思考着，那凶手就是要为下一场犯罪做准备，才会不慌不忙地在现场安营扎寨。只有这一种可能。

通常，凶手的心理是哪怕能早一秒离开现场也好。既然这次的凶手反而特意留下不走，肯定是有什么不寻常的情况。例如，还有一个无论如何必须要杀掉的人之类的。

如果杀害对象是警官，那么在户外作案是很困难的。至少在别人看不见的室内更有利，这点是毋庸置疑的。

目标出现之前不在现场过多停留而是暂时离开，是一种办法。然而如果太过频繁地出入现场，光是出入的举动就会增加被邻居目击的风险。这样来看，凶手当然有很大的可能采用在室内屏息潜伏这一更安全的做法。在被自己杀害的女高中生的尸体旁边度过数个小时，一般人可能会觉得毛骨悚然，认为再凶恶的杀人犯也难以做到。可如果凶手是在盘算后，得出以这种方式忍耐更加有利的结论，那也没有什么不可能的。

等待的时候为了保持士气，凶手很可能会喝点小酒。后来凶手又觉得饿了，于是对正好放在冰箱里的南蛮腌竹荚鱼也下了手。整个经过有可能是这样的。

在被自己杀害的人的尸体旁边吃吃喝喝，单从这一行为来看，可能会觉得凶手不太像个正常人。但如果凶手还准备了另一场犯罪，那么虽然还是很异常，也姑且可以让人理解。然而……

问题是，如果真是那样，明濑巡警就绝不是被偶然卷入事件之中的，而是从一开始就被怀有杀意的凶手盯上了。也就是说，凶手在那天，预测到了明濑巡警会来鲤登家。

而且凶手对此非常肯定。不然的话，不可能在被自己杀害的人旁边逍遥自在地——不，也许不算逍遥自在，但也算悠闲地大吃大喝。

"不可能……啊，不管怎么想都……"

"凶手也许能够掌握明濑大概会在什么时期拜访鲤登家。但是具体到特定的日期，是绝对不可能的。"

绝对不可能——鹤桥巡查部长的这句话，重重地压在了佐伯的心头。

"而且，凶手应该无法保证明濑会独自出现。"

"是啊。"

没错。就算只是单纯的寻访，警察也不一定单独行动。至少凶手不可能没有设想过两个警官一起上门的情况。

问题还不只这些。假如凶手从一开始就以明濑巡警为目标，那么凶手到底是怎样的一个人呢？同时拥有杀害鲤登明里和明濑巡警两人的动机……这种人物真的存在吗？

"鹤桥警官您知道明濑和鲤登明里有什么关系吗？"

"不知道啊。不过毕竟他对工作那么热心，可能在巡逻的时候和上下学路上的她打过招呼吧。"

"比如，我只是举个例子，他们两个会不会私下里有交往？"

"私生活我不清楚，所以实在不好说什么，至少不能断定没有关系。一个二十一岁，一个十七岁，年龄也相仿。明濑是个人见人爱的好青年，也许他们俩生前曾在秘密交往也说不定。但现在没有办法确定了。"

"比如，我还是只是举个例子。二十二号下午，鲤登明里和明濑两人约好了见面，这件事不知道被谁泄露给了凶手——可能吗？"

"不，这个不可能。"

"不可能吗？"

"因为明濑造访鲤登家不是在三点左右吗？平常这个时间，鲤登明里的母亲早该回家了。"

是啊，没错，那天鲤登直子会晚回家纯粹是个偶然。这一点她女儿和明濑巡警都不可能预见到，更别说凶手了……

嗯？

奇怪，有什么地方不太对劲，是什么呢？

就在佐伯因无法将这突然察觉到的异样用具体语言表达而焦躁不已的时候，响起了一声"你好"。

两个年轻男女从外面探头看进派出所。

"哦！"佐伯吃了一惊，"是你们两个。"

是前几天，佐伯在葬礼会场上遇到的安槻大学的学生，匠千晓和高濑千帆。

千晓拿着一束花。"我想把这个，送给明濑。"

这是明濑高中时代的友人。佐伯进行完简单的介绍之后，鹤桥站起身，收下花束，脸上露出了笑容，似乎又含着泪花。"谢谢，费心了。"

两人今天都没穿丧服，而是穿着很有年轻人风格的休闲服。特别是裤装打扮的千帆，白衬衫配领带这种典型的男性化打扮反而令她散发出一种妖艳的女人味。

"我们刚去过明濑府上。"千晓的语气里有种莫名的欲言又止感，"第一次去拜访，和他的母亲和妹妹打了招呼。"

被千帆的美丽夺去了心神的佐伯因为这一句话而回过了神。在葬礼上哭倒的祐佳和坚强地主持仪式的奈穗子的身影鲜明地出现在他的脑海，搅乱了他的心绪。她们怎么样了……他不禁想询问，又最终作罢。

"唉，来坐下。"年长的巡查部长招呼千晓和千帆坐在折叠椅上。

佐伯闻声开口说道："啊，鹤桥部长，我这就先走了。抱歉，在您这么忙的时候打扰您。"他略施一礼，又向那两人挥了挥手，"再见，你们两位。"随即走出了派出所。

"佐伯警官。"还没走出几步，他便被人从背后叫住了。回头一看，是千帆，她独自一人小跑着过来了。

"嗯？"

"能打扰您一下吗，现在？"

佐伯看向派出所。千晓正和鹤桥聊得火热，完全没有过来追她的意思。面对诧异地眯起眼睛的佐伯，千帆微笑了起来。

"他似乎想就明濑的事情问问您的同事。"

仿佛在催促佐伯，她又向前踏出了一步。

"干什么？"

不明就里被千帆带着走的佐伯来到了不远处的公交车站。

此时刚好停下一辆公交专线车。等下车的乘客们离开之后，千帆坐在了无人的车站长椅上。

"到底是什么事？"

和她独处的状况莫名使佐伯感到呼吸困难。意识到自己正认真地对没有跳上刚离去的那趟公交车而后悔时，佐伯只能在内心苦笑。然而光是站着也很不自在，于是他决定坐在千帆的旁边。

"我想先向您道个谢。"

"道谢？"佐伯歪了歪头，"你这么说……难道我有对你做过什么吗？我不记得啊。"

"不是这个意思。"她将了捋被风吹乱的头发，用下巴指了指派出所的方向，"是替他道谢。"

"他？"应该是指现在正跟鹤桥聊得入神的匠千晓吧。可佐伯也不记得帮过他什么。

"我还是不懂。"

佐伯为了装作若无其事地偷看她而转过头，却突然和千帆对上了视线。她目光神秘，眼白部分微微发蓝，仿佛刚刚归于平静的大海一般，和前些日子在葬礼会场上闪烁的凌厉杀气形成了鲜明的对比。

"要说我做过的事，也就是向他询问了一下明濑生前的为人而已。"

"是啊，我觉得正是您问了他这件事，才使他重新开始思考。"

"思考什么？"

千帆吸了一口气，瞥了一眼派出所。从这个角度看不到建筑物内部，千晓也没有从那里出来。

"那天，劝他出席葬礼的人，是我。"她又把视线移向了佐伯，"在知道殉职的警官是他高中时代的同学之后，我把因为觉得自己和死者的关系并没有那么亲密而犹豫的他，以半强迫的方式拉了过去。"

"为什么要这么做？"

"不知道。但是，我可能在期待着什么。觉得这会是一个契机，或者，一个突破口。"

"突破口？"

"把参加葬礼称作转换心情的契机，明显是一个不太合适的说法。但怎么说呢，我确实有那种感觉。而且，我觉得是时候让他呼吸一下外面的空气了。"

她讲话的脉络还是一如既往的不清不楚。佐伯姑且点了点头。

"现在想一想，实在是跨越了一条非常危险的桥梁。毕竟，要是他受到葬礼气氛的负面影响,搞不好会起到反效果。"

"那是……"

想问问会起到什么反效果的佐伯最终作罢。虽然仍然不知道事情的来龙去脉,但似乎多少明白了个大概。

"不出所料。烧香之后,他对明濑的死这一事实只知道一味否定。他没有明说,但他一定是觉得像明濑那种被大家需要的人居然如此轻易地失去了生命,这个世界真是太不讲理了。而自己这样的人居然还在可悲地试图生存下去,这已经不仅仅是毫无意义,而是到了不像话的地步了。"

"他不也被周围的人需要着吗?"佐伯略微犹豫了一下,又加了一句,"比如,你。"

"是啊。"

千帆又露出微笑。

受她的影响也想微笑的佐伯却看到满面笑容的她眼角闪烁,不禁心里一惊。而发现佐伯因看到了某件难以置信的事而表情发生变化时,她似乎才意识到自己流下了眼泪,赶忙用手擦了擦眼角,缓缓地摇了摇头。

"我太自以为是了。真的,从各种意义上来说都是。虽然还不到觉得只有自己能做到的地步,但确实想着如果是我的话肯定没问题,肯定能顺利地把他带回日常生活。然而,看到他烧香之后的样子,我感到非常不安,觉得自己搞不好犯了一个严重的错误,是无法挽回的错误……就在那时。"

原来如此,佐伯明白了。那时他在会场前的出租车乘车处向他们两人搭话时,千帆之所以带着那么凌厉的杀气,原来是有这层原因。

"恰在那时,您向我们搭了话。是您给了他重新思考明濑一事的机会。"

"这……起到什么好的作用了吗？"

"我觉得他通过用自己的嘴把一些话说出口的方式，领悟了过来。别人就算说一百万遍，估计他也听不进去。那是很重要、很重要的事情。"

"不管发生了多么荒谬的事，也只能活下去，对吗？"

千帆猛吸了一口气，瞪大了眼睛。"没……没错。抱歉，明明我并没有好好负起责任，没有对您进行任何具体的事件说明，您却已经理解到了这个地步。"

"没关系。工作的话另当别论，对别人的私事我可没有问这问那的兴趣。而且，上次与他见面的时候，他也说过一句类似的话。"

"也许我这么说有点傲慢，但我觉得，是明濑赐予了他新的生命——"

"不，不对。"

"是吗？"

"刚刚你不是自己说了吗？他是靠通过用自己的嘴把一些话说出口来领悟的。"

"嗯……"

"他是靠自己的力量站起来的，并不是从明濑的死中悟出了什么特殊的意义。说句不怕被误解的话，如果不能达观地把他人的死亡看作是毫无意义的事，人是没有办法振作起来的。我知道，人们无论如何都想从他人的死亡中找出意义，而且是绝对的、普遍的意义。但是稍微想想就能明白，意义只是相对性的东西。非要从那些事中追求绝对性，结果只能不可避免地把自己的意识导向虚无。以千晓的情况来说，如果他无论如何都要给明濑的死赋予某种意义，就只能得出自己应该去死的结论。然而这样根本就是本末倒置。"

"嗯嗯。"千帆点了好几下头,"是啊,是的,没错。"

看着一脸认真的她,佐伯突然感到一阵自我厌恶。喂喂,我怎么说了这么多幼稚的话?果然我是被她独特的气场迷惑,变得不正常了吧?而且由于太过热血,总觉得想要表达的理论从中途开始跑偏,令佐伯暗暗冒出了冷汗。如果被人嘲笑,要求他把自己的话再重复一遍,他可没有自信能够做到。真是伤脑筋啊。

"说到底,刚才你也说过,也许是你太过傲慢了,所以我觉得像这种事,你自己应该也很清楚。"

"您过奖了,但的确如您所说,我可能和往常不同,这次有些过于感伤了。"

真不像你啊。差点儿脱口说出这句话的佐伯自我反省了一下,提醒自己并没有那么了解她。然而,归根结底还是因为在葬礼会场相遇时那个仿佛不屈的女战士一般的强烈形象至今仍在他的脑海中挥之不去。

"这么说来,以前也有人以同样的话教育过我。"

"同样的话?"

"我以前的恋人去世了。"[①]

光是听到千帆说出"恋人"这个词,就让佐伯心里一惊,不禁开始想象会是个什么样的男人。

"我无论如何都无法振作。我尝试着用各种方法思考,譬如把他的死亡看作是一个获得新的邂逅的机会,想着哪怕只是这样也很有价值,也许自己应该肯定他的死亡,等等,结果令自己非常痛苦。

[①] 详情参考本系列另一部作品《苏格兰游戏》(新星出版社,2015年6月)。

换句话说,我是在试图从这件事中找出意义,就像您刚才说的一样。"

"这是谁都会走的路。"

"你不能试图用因果关系说明人生!这句呵斥让我终于醒了过来。"

"那句话,"佐伯看向派出所的方向,"是他说的?"

"不,是另一个人。"

"那是?"

"很重要的朋友——我和他共同的朋友。"

"是吗……"

"总之,明明这种事已经发生过了,我却一点长进都没有。"

"因为这次的问题不在你,而在于匠同学。仅此而已。"

千帆笑了起来。那是仿佛从所有忧愁中解放了一般的纯净透明的笑脸。

在人生结束的时刻,只要能够偷偷回想起这个微笑,就什么都不需要了……发现自己居然认真地这么想着,佐伯发自心底对自己感到厌弃。蠢货,这下,陷入感伤情绪的不就变成我了吗?现在可不是想这种事的时候,要想案件,案件!

"总之,我很感谢他提供了那个契机的佐伯警官。今天能遇到您纯属偶然,所以感觉好像是顺便对您道了个谢一样,真是不好意思。因为想告诉您这件事,我才突然叫住了您。"

"真是有礼了。像这种突然袭击,我可是随时都非常欢迎的。不过,我真是完全没想到,竟然会因为调查取证而被人道谢,被嫌麻烦倒是家常便饭。"

佐伯瞥了一眼手表,从椅子上站起来。

"实在抱歉,在您百忙之中打扰。"

"不——等等，先不管那个。"

佐伯突然回想起千帆在前些日子所说的一番关于凶手的动机的话，于是又坐了回去。

"你之前曾经说过，明濑被杀害可能是因为看到了凶手的脸，是吧？"

"啊？啊，是、是的。"

"但是匠同学当时对灭口一说表示怀疑。他认为凶手从根本上就是以杀害明濑为目的，所以才在犯罪现场鲤登家逗留了四小时之久。"

"是啊。难道他说的……"

佐伯点了点头。"似乎被匠同学猜中了。"

他把本应放在冰箱里的南蛮腌竹荚鱼和罐装气泡酒莫名消失一事进行了详细的说明。虽然他也想过，不该把搜查内容告诉普通市民，但佐伯受到了一种类似本能的冲动的驱使。

"也就是说，凶手一边大吃大喝，一边等待明濑警官的到来？"

"这样一来，从现场的状况来看，凶手以鲤登明里的尸体作为诱饵，花言巧语地把明濑引诱进房内的说法，也突然具有现实可能了。"

"也就是说，凶手因被看到了脸而将明濑警官灭口这一说法，完全是错的。"

"凶手杀害了鲤登明里和明濑巡警两个人。无论是否出于怨恨，凶手肯定是对这两个人都怀有很强烈的杀人动机。那么，这两名被害人到底有什么共通点呢？这点只有继续调查下去才能知道，问题是……"

千帆似乎提早察觉到了佐伯想要说的事，重重地点了点头。

"问题是，那天凶手应该完全无法预料到明濑会拜访鲤登家。"

"连明濑警官自己都有可能只是一时兴起。"

"是的,正如你所说。然而凶手明显预料到了他会到来,才在鲤登家逗留了四个多小时之久,还是在鲤登明里的尸体所在的房间……"

越是说明,佐伯就越觉得混乱,他又一次感受到自己似乎正面对某种无法想象的情况,体会到了一种近似恐怖的感觉。

"那种类似苦行僧的行为,如果不是确信明濑会来访,凶手恐怕是不可能做的。但我已经说了很多次,这是不可能预测的。就算是派出所的同事、相关人员,甚至就像你说的,连明濑自己都不可能提前知道的事情,凶手到底是如何……如何预测到的呢?"

"佐伯警官,那个……"

"嗯?"

"那个,也许我要说的事听上去很荒唐……"

"没关系,只要是想到了什么,都说来听听。"

"这种情况下,凶手能够明确预测到的事情,只有一个。"

"咦?怎么说?"

"那就是,只要一直潜伏在鲤登家,肯定会有人来。"

佐伯一瞬间没能理解此话的含义,不由得凝视起千帆的大眼睛。

"鲤登明里是一名女高中生,并不是一个人住,所以在杀害她之后,只要继续在家里等待,肯定会有家人回来。"

"那是自然。实际上就是她的母亲直子回到家后,发现了女儿的尸体——"

突然,一种不祥的感觉袭来,令佐伯打住了话头。等等,这是……对了,是刚才。

是刚才在与鹤桥巡查部长说话时,自己也感觉到的那种异样。也就是说,不管是凶手还是明濑,以及女儿鲤登明里本人,都无法预测到那天直子会晚回家。

不如说，凶手是抱着在做出那种行为的时候，鲤登家的人可能会回到家中的思想准备，待在屋里的……咦？这、这么一说……

"等、等等，难道凶手实际上想杀害鲤登直子，或是父亲一喜？"

"我觉得有这种可能性。"

"可是，那为什么要杀害明濑呢？以防万一我先说一句，因为明濑有发现鲤登明里被杀害的可能这种说法不成立，因为凶手并没有离开过现场。凶手没有装成家人应对明濑的必要，只要装作家里没人，等明濑离开就行了。"

"然而，凶手还是特意让明濑进了家门，这说明……"

"这说明？"

"凶手出于某种理由，必须要在杀害鲤登明里之后再杀一人。但这第二个对象的身份，也许无所谓。"

"什么……你、你说什么？"

"也就是说，第二个杀谁都可以。"

佐伯只能张大嘴巴。

"为什么要在杀害鲤登明里之后再杀一人，这点暂且不论。恐怕按照凶手当初的预想，目标应该是照顾完一喜的双亲后立即回家的母亲直子吧。鉴于一喜也有可能因为急病或其他原因早退，在这种情况下，目标也有可能换成他。但从概率上来看，凶手的最初计划肯定是杀害直子。然而直子那天碰巧晚归，取而代之来到鲤登家的，是正在周边巡逻寻访的明濑刑警。那时凶手应该也考虑过装作不在家，让他离开，毕竟对方是个警察。可是……"

要是平常的佐伯，对这种荒谬绝伦的推论一定会嗤之以鼻，当作耳旁风。然而，现在不知为何，他感到这一推论很有说服力，听了之后脑浆都快要沸腾起来了。

"那时凶手已经在鲤登家逗留了比预想的久得多的时间，差不多也等累了。于是凶手大概是变更了计划，觉得事到如今，就把这个警察杀了，赶紧杀完赶紧跑吧。毕竟无论是多么凶残的凶手，按常理来说，都会想要尽快从现场逃走。"

虽然这段推理很异想天开，却有一种近乎异样的真实感，其中一个重要的原因便是，此话并非出自别人，而是出自千帆之口。但想必原因也不止这一个。

"事到如今，就选这个警察吧……在一瞬间下定了决心的凶手装成鲤登家的人，以鲤登明里的尸体为诱饵，将明濑引进家门。之后趁他不备——"

"重击他的头部使其失去抵抗能力，再从背后将他勒死。"

"但是，那样的话……那样的话，究竟是为了什么？凶手究竟为什么除了鲤登明里，还要再杀一人？"

"这我就想象不出来了。刚才我也说过，这是一种听起来有些愚蠢的推测。不过这样一来，明濑警官被凶手特地引进房内杀害的奇妙状况，姑且就能得到解释了——"

这时，佐伯的传呼机响了。

"失礼了。十分抱歉打断你。"

"我才是，是我叫住了您。"

"能与你交谈真是太好了。"说着佐伯用下巴指了指镰苑派出所的方向，"也替我向匠同学问好。"

佐伯跑到附近的电话亭，听到的是芳谷朔美被人杀害的消息。

*

"附近的居民今天一早出门散步时，刚出家门就听见了重物被拖动的声音。"

仿佛想把正在报告的平塚的声音抹杀一般，大片大片的树叶在强风的吹拂下激烈地晃动，发出声响，宛如人类的呻吟声。

两人在院落里的古树林中，这里平日人迹罕至，树叶在阳光的照耀下时而发绿，时而泛黄，风吹来，便自右向左或自左向右地翻卷，像霓虹灯一般，色彩忽明忽灭，又像是一只正在蠕动的、全身覆盖着绿色鳞片的巨大生物。

"据说那是早上近五点的时候。恐怕那个声音就是凶手将尸体运到这里时发出的。那之后，据说还有人听到了汽车离去的声音。"

院落各处分散着众多警察和鉴定科人员，正在进行现场取证工作。俯视着他们的巨大绿色波浪时不时在强风吹拂之下发出呻吟声，仿佛在威胁这些渺小的人类，试图把他们赶出神圣的领地。

八月三十日，常与神社院内。

鉴定科人员举起照相机、打开闪光灯、按下快门。一瞬间，物体的轮廓仿佛被白色的光芒所淹没，之后又再次浮现出来。是一个穿着灰色运动服、黑色运动裤和运动鞋的女人。

是芳谷朔美。在院落里最为显眼的一棵巨树旁边，她抱着两膝，以胎儿般的姿势躺在那里。在她的脖子后方，滚落着一个被压瘪的黄色棒球帽，估计是她生前戴的。

她的尸体下方，铺着一大块毛毯和大型硬纸板。看硬纸板的尺寸和形状，像是搬运冰箱或洗衣机等家电时为了保护机体所用的那种。

"第一发现者虽然不是那位听见响动的人，但也是附近的居民，上午十一点左右路过这里时发现了尸体。"

据说被发现时，朔美的尸体被毛毯包裹，上面盖了个硬纸板，用绳子缠了好几圈。凶手大概是用硬纸板代替平板车,然后把包裹在毛毯中的朔美的尸体放在上面,从停在附近的汽车上拖了过来。在砂石路上发现了长长的、类似沟痕的痕迹。

"发现者最初还以为这是哪个不守规矩的人非法丢弃的大型垃圾。走近一看,从毛毯一端露出了疑似人类的头发的东西,他忍着异臭掀开毛毯,发现居然是女性的头部,于是慌张地报了警。"

"也就是说,尸体被遗弃是在早上五点,被发现则是在六个小时之后。"

"我们会继续进行问讯和调查,看那段时间里有没有其他居民察觉到异常。"

"平塚,那个听到拖动声的居民没有看见汽车吗?"

正蹲下身观察朔美的遗容的七濑露出难以掩饰的悔恨表情,咬了咬嘴唇。

"没有。那位居民住在这座神社的后面,所以并没有看到任何事物。而且,还无法判定哪辆车是凶手的。"

"无论如何,这里并不是杀人现场。"和鉴定科人员交谈了几句的野本缓缓走向两人,"从尸斑的情况也能明显看出尸体是从别的地方运过来的。"

"死因是什么?头部似乎有很大的伤口。"

照片拍完之后,七濑用戴着白手套的手轻轻拾起疑似朔美遗物的棒球帽。翻过来一看,帽子上有一片黏糊糊的发黑的东西,似乎是血迹。

朔美的头发梳成圆髻,与前天接受七濑他们问讯时相同,只不过似乎受到了某种冲击,散开了一半。就是因为散乱的头发从毛毯中露了出来,才吸引了第一发现者的注意。

"看起来像是遭受到来自他人的大力重击,但还不能下定论。至于胸部和腹部的情况,由于尸体目前处于死后僵直的最高峰状态,所以无法检测。"

"处于死后僵直的最高峰状态,也就是说……"

"死者已死亡半天左右。十二小时到十五小时。"

七濑和平塚不禁对望了一眼。

"也就是说,她被杀害的时间是昨晚九点到深夜十二点之间?这么说来,我们对她进行问询后仅过了几个小时,就……"

七濑依旧懊悔地看着遗体,俯身把棒球帽放回原处。

"为了以这个状态将尸体搬运过来,凶手必须在杀害她之后最迟两个小时之内把被害者的身体扭成蜷曲的姿势。否则,死后僵直开始出现之后,就不可能把尸体摆成这种姿势了。"

"也就是说,"七濑站起身,环视了一圈院落,"在被运到这里之前,尸体曾在别的地方过了一晚?"

"恐怕是的。"

"凶手犯案后,立刻用毛毯把尸体以这种易于搬运的姿势卷了起来,这说明凶手从一开始就计划把尸体遗弃,对吧?但是凶手为什么不在昨天晚上就实施呢?"

"谁知道,可能有什么原因吧。或者凶手觉得晚上贸然行动容易惹人怀疑,不如在黎明之前,这样被目击的可能性更小之类的。可能凶手就是出于这种考量吧……然而……"野本紧锁眉头,用下巴示意,"然而,这是什么仪式吗?"

芳谷朔美的尸体旁耸立着一棵古树。似乎是山毛榉树,树干上有颜色发灰的苔藓,树龄估计过百年。树干上开了一个漆黑的窟窿,高度在野本的腰部附近,和表皮旋涡状的花纹组合在一起,像人面疮一般，使这棵树看上去更显威严。

另外，在七濑平视的位置，有一块看起来像是男士用的手帕被钉子钉在树上，垂了下来。野本不禁用"仪式"一词来形容这一场景，看上去似乎具有某种特殊的意义。

"这难道是凶手做的吗，还是说……"

"不，"七濑掀起手帕看了看，"我觉得这应该与本案没有关系。"

"你怎么知道？"

"因为这棵树应该就是那棵树，那棵'吊天狗'。"

"嗯？什么？"

"野本警官你不知道吗，那个传闻，丑时参拜的传闻？"

"丑时参拜，是那个吗？穿着白衣的人在头部的铁环上点上蜡烛，把钉子'咚咚——'地敲进稻草人身上的那个？"

"嗯，这个好像是那个仪式的变种。这个仪式不需要扮装，也不限于午夜两点，所以似乎也有白天悠闲地来到这里实行仪式的人。"

在对蓝香学园的学生进行问讯时，七濑顺便装作若无其事地搜集到了更多关于"吊天狗"的传闻。把这些传闻综合起来看，果然就像佐伯的妻子听说的，常与神社的这棵古老的山毛榉，就是被大多数听信传闻的市民认定为真正的"吊天狗"的树。

"哈哈哈，原来如此。"听了七濑的简单说明后，野本凝视着深蓝色的手帕，说道，"也就是所谓的都市传说啊。"

"丑时参拜需要使用以憎恶对象为原型制作的稻草人，但在这个仪式里，似乎可以通过把对象的物品钉在树上的方法来指定死法。"

"不过，用围巾还可以理解为窒息死亡，"平塚似乎无法完全接受，不满地哼了一声，"用手帕是什么意思啊？这代表的是什么死法？"

"谁知道，完全没有头绪。可能是单纯因为只能拿到对方的手帕吧。这么说来，还有学生说看到运动鞋被钉上去过。"

"运动鞋？那……是脚？比如说在悬崖上脚下打滑摔下去了，之类的？"

"也许吧，不清楚。无论怎样，'吊天狗'这种东西，只是一个女高中生有意散布的谣言而已。"

"女高中生？"

"鲤登明里。"

"嗯？"仿佛无法对此置若罔闻，野本放下了正咯吱咯吱挠着头皮的手，"你说的是真的？"

七濑对他说明了鲤登明里的同学秋叶知里的证言，以及明里的文字处理机的硬盘里留下的内容。

"一开始她似乎是以'tangle tree'这一名称散布的谣言，途中被误传，变成了'吊天狗'。"

"但是，如果那是真的，"野本交替看向被钉在古树上的手帕和芳谷朔美的尸体，"这又该怎么解释呢？这两个人生前交情不浅，本来就会让人怀疑这两起案件之间可能有某种关联，更不用说她们死后还以这种形式相互关联，难道这只是偶然吗？"

"谁知道呢。虽然还不能下定论，但我个人觉得这不是偶然。毕竟被杀害的芳谷朔美的尸体正好就被遗弃在了这棵疑似是鲤登明里编造的'吊天狗'的古树边。"

"但是，如果不是单纯的偶然，"平塚也不停地来回看着手帕和尸体，像在模仿野本，"到底是怎么回事呢？"

"这点还不清楚。要是真有什么关系，凶手应该是知道'吊天狗'是由鲤登明里一手捏造的人。虽然这么说，但假如真是如此，把朔美的尸体遗弃在这里，究竟又意味着什么呢？"

"而且，那条手帕真的是与案件无关的第三者钉上去的吗？"

"这点我们自然还会调查，不过，很难想象那是凶手的遗留物品……而且……"

仿佛突然受到幻听困扰一般，野本表情复杂地眨了眨眼，一边揉着自己的肩膀一边环视院落。

"可能是因为听到了奇怪的都市传说，我总觉得这里有种独特的气氛。"

的确，七濑想着。

现在是大白天，周围并不算特别昏暗。平时这里大概人迹罕至，如今却被搜查员和鉴定科人员填满。

虽然如此，在头顶随风摇荡的重重绿褶还是带来了一丝微凉、独特的静谧感，真让人难以相信从这里步行几分钟就能到达一处高级住宅区。这里给人感觉仿佛一个不留神，就会在不知道的时候被吸入异世界一般。

这么说来……七濑突然想起了一件事。

在鲤登明里对"tangle tree"的设定里，并没有说到常与神社，散播谣言的阶段有没有出现具体名称尚未确定。不过七濑总觉得，就算鲤登明里没有明确指定场所，最终"吊天狗"的传说恐怕还是会指向位于这座神社的这棵古树上。因为这里有一种能够自然地吸引那些愿意听信流言的人的风格，能让人集体进入无意识状态，近似磁力。

"遗留物品啊……"平塚似乎想到了什么，在山毛榉树边蹲下，"话说回来，这还真是一个大窟窿啊。"

他把戴着白手套的手伸进窟窿，摸索寻找些什么。

"要是这里留下了什么有价值的证据，我们可就省事多了。"

与开玩笑的野本形成鲜明对比，平塚非常严肃。

"也许真的留有证据哦。你看，以人类的心理来看，看到这种像是量身打造般的窟窿时，就算没有必要，也会想藏些东西进去，不是吗？"

掏了半天的平塚最终挠着脸，站起了身。

"有东西吗？"

"没，什么都没有。现在想想，就算有什么需要藏起来的东西，凶手也没有必要留在这里，只要带走就行了。"

看着毫无愧意推翻前言的年轻人，七濑和野本几乎同时叹了一口气。

"说到底，如果杀人现场不是这里，那么就算有证据，也应该全都留在杀人现场那边了吧？嗯……她到底是从哪里被搬过来的呢？"

"现在还什么都无法断定，但应该不是在被害者自己家附近。"

"为什么？"

"因为如果是那样，凶手的首选肯定是把尸体放置在现场啊。"七濑"咚"地拍了一下平塚的肩膀，"凶手之所以会做搬运沉重的尸体这么麻烦的事，肯定是因为不得不这么做。至少如果没有一点好处，凶手是不会做这种麻烦事的。"

"是这样啊。原来如此，确实。"

"并且，从朔美的公寓到这里，肯定不能算近。嗯，开车大概要花十分钟？"

"要看道路的拥堵情况，也有可能花二十分钟左右。"

"看吧。既然需要花这么长的时间，把尸体放在被害者自己家里肯定要方便得多。但凶手却把尸体搬到了这里，这就说明，首先，被害者家肯定不是杀人现场。正相反，凶手家附近倒是非常有可能，因为凶手不能把尸体放在自己家里。不管凶手是什么身份,都必须花工夫把尸体运到其他地方。"

"原来如此。嗯。欸?但要是按这种说法,凶手家便是杀人现场,这也有些奇怪,感觉不太像。"

"嗯?为什么?"

"因为死者的服装啊。如果朔美不是在自家附近被杀害的,那肯定就是外出中,对吧?"

"是啊,肯定是。"

"我与生前的朔美只见过一次,要说的话只是我的主观印象,但她是那种外出的时候会打扮得如此不修边幅的人吗?棒球帽什么的也是,感觉不太像是她的风格。"

"这个谁知道呢。确实,她像是和他人有约时会精心化妆和挑选服装的类型。但这也只是给人的印象,对吧?而且说是外出,也不一定就是与人有约。"

"原来如此。啊,莫非朔美被凶手袭击的时候是在散步或跑步?"

一瞬间愣住的七濑突然"啊"了一声,瞪大了双眼,大到能让人看出她不是单眼皮其实是内双的地步。

"你刚才说跑步?"

"啊,不,不是。"误以为自己会因愚蠢的发言而受到斥责的平塚惊慌失措,"因为她打扮成那样,所以我,就不自觉的……"

"喂喂,平塚啊。"野本以劝说般的口吻插嘴道,"虽然详情还需要等待检查结果,但朔美被杀害时肯定是晚上啊,搞不好还是在深夜。一般会有年轻女子在那种时间散步或跑步吗?"

"是啊,太不安全了。"

七濑仿佛完全没有听到这两个人的对话,只是茫然地俯视着朔美的尸体。

"棒球帽……灰色运动服……黑色运动裤……难道……"

"怎么了,七濑?"

"野本警官,指纹呢?"

"啊?什么?"

"莫非……我觉得应该不太可能,但请您申请将她的指纹进行比对。"

"嗯。咦?比对?和什么比对?她难道有前科?"

在那天晚上的搜查会议上,七濑的预感被证实是正确的。

"被害者的死因尚不明确,但头部有很大的伤口,目前看来是被某种重物击打导致了脑挫伤。仔细观察脖颈部分,能看到被绳子一类的物品勒过的痕迹,但似乎是在她死后形成的。恐怕凶手是用某种凶器将她重击致死后,害怕她活过来,为了以防万一而勒住了她的脖子。"

肋谷将数张现场照片固定在了白板上。

"粗略调查了芳谷朔美家的公寓之后,我们没有发现打斗的痕迹。虽然还无法断言,但貌似杀人现场是在她家以外的场所。从与生前的她关系紧密的人际关系方面来看,这个案件与之前的女高中生鲤登明里被害事件之间的关联也需要纳入考虑之中。不过,在那之前,我们查清了一件十分有趣的事。"

肋谷又用磁铁固定住一张图片,是指纹样板。

"这是被害者芳谷朔美的指纹,实际上,在鉴定科留有同样的样本。"

啊?会议室中出现了疑惑的议论声。

"芳谷朔美并没有前科。本月十七日,在洞口町的儿童公园,一位女性在慢跑时受到男子袭击,大家还记得那个案件吗?"

"是那个啊。"

"从现场逃走的女性的身份尚未确认……莫非?"

"就是你想的那个莫非。从那把刺进死者曾根崎洋腹部的菜刀把手上检测出两种指纹,一个是死者自己的,另一个身份不明的指纹,与芳谷朔美的指纹一致。"

"这……"

情况变得越来越混乱。

"但是,那个与这次的案件,有什么关系吗?"

"一次还说得过去,但同一位女性遭遇到两次袭击,这实在是不容忽视。"

"倒是没错,可曾根崎洋已经死了啊。"

"比如——只是举个例子,曾根崎洋的近亲中,或许有人为了杀死芳谷朔美而以某种方式参与到了此次的案件中。"

"你是想说,先不管凶手通过什么办法查出了她的身份,总之是故人的近亲对芳谷朔美产生怨恨之情,所以为曾根崎洋报了仇?简单来说是这样吧?"

"抱歉,关于这点,"举起手来的野本催促七濑,让她站了起来,"她有些事情要说。"

"关于洞口町事件,在案件发生之前与曾根崎洋一起在居酒屋喝酒的学生认为,曾根崎洋与那名女性被害者认识,两人那晚可能事先约好了在公园见面。"七濑淡定地把白天对野本说明过的事又重复了一遍,"学生的证言说,在居酒屋前与曾根崎洋分别时,他空着手,没有拿任何凶器。由于他当天穿着轻便,也没办法藏匿凶器。从时间和金钱上来看,在到达洞口町之前曾根崎洋都没有办法筹措到凶器。所以那个学生认为，菜刀应该是那名女性的。"

"那名女性的？喂喂。"

"那到底……是为了什么？"

"会不会实际上正相反，是那名女性想杀害曾根崎洋，却遭到了反击？这是那个学生的推论。"

*

第二天，八月三十一日。

上门问讯之前，七濑往边见祐辅家打了好几次电话，却都无人接听。

七濑做梦都没想到竟然会有自己主动联系那个大学生的一天，但如果芳谷朔美在即将与未婚夫濑尾朔太郎前去欧洲旅行的前一天，也就是十七日的晚上，与曾根崎洋约好在洞口町的儿童公园见面，这到底意味着什么呢？为了好好进行一番思考，她决定再对祐辅进行一次问话。

然而，打了很多次电话都没人接，感到不耐烦的七濑决定利用与平塚分头问讯的空闲时间，去祐辅租的公寓拜访。

一片寂静，没人应门，似乎不在家。以防万一，她又敲了敲拉门，还是没有反应。

"您找边见，有什么事吗？"

一个女性的声音响起。七濑转过身，看见一个宛如时尚模特一般、二十岁上下的女孩站在那里。

不单美貌、身材高挑，她的衣着打扮也像模特一样。虽然只是一件无袖高领连衣裙，但从前开拉链的设计来看，比起简洁基本款，又多了几分禁欲的感觉。色调是不知算华丽还是朴素的黄玉系，作为日常服装来说穿着难度系数很高，一不小心就会像廉价舞台装。可是穿在眼前这位高挑美女的身上，竟不可思议地显得极为自然、优雅。

她身旁还有个小个子青年，穿着再普通不过的T恤和牛仔裤，一身学生气，和她站在一起理应有些不搭调，却并不会给人不自然的感觉，反而令人印象格外深刻。咦？等等，这两个人——对了，七濑想起来了，是去年圣诞节案件的那两人。

"你们两个，"七濑用大拇指指了指拉门，"是他的朋友吧？"

听到这一句，那两个人似乎也记起了曾经见过七濑的事。

"是的。"回答的是那个青年，记得是叫匠什么来着，"刑警小姐，那个，是叫七濑小姐吧？上次多谢您了，好久不见，您今天是为了什么事？"

"我找边见同学有点话说。你们知道他在哪里吗？"

"我们也……"匠千晓一脸困惑地与高个子女生对望了一眼，"一心以为学长在家，才过来的。"

"是啊，这么个时间段……"女生记得是叫高濑，也做出窥视屋内情况的样子，"小漂肯定因为宿醉而大睡才对啊。"

小漂，似乎是祐辅的外号。

"失礼了。"向七濑打了个招呼后，高濑千帆打开了拉门。看来祐辅平常没有上锁的习惯，真是令人吃惊。

"小漂？喂——"千帆喊了一声，然后侧耳倾听片刻，最终耸了耸肩，关上了拉门，"估计在哪里闲逛呢。"

"是不是还在哪里喝酒呢？"

"不。"千晓歪了歪头，"不管喝了多少家店，他最后通常还是会回到这里为宴会收尾。不知道学长到底是怎么了。"

"那个，难道他做了什么事？该不会是……他在喝醉后对七濑小姐您做了什么失礼的行为……"

"哈哈。"千帆那严肃的口吻不知为何让七濑感到十分愉快，"倒没什么失礼的，就是被他搭讪了。"

"哦哟。"千帆一下子笑了出来，"哇——真行啊，小漂。"

"虽然搭讪这一行动本身对他来说并不是什么稀罕事。"千晓也一脸愉悦，"但对学长来说，这次还挺有眼光的。"

"嗯，没错没错。匠仔，说得好，我也这么觉得。"

然后呢？两人默契地向七濑投来炽热的视线，似乎是想知道七濑对祐辅的搭讪做出了什么回应。

"喂喂，你们两个，不巧，我对比自己小的男人没兴趣。而且，就算你们装作自然地吹捧我，也不会有任何用处。"

"唉——真遗憾啊，是吧？"

"嗯。好不容易出现了一个似乎能把那个学长纠正成正经人的优秀人才。"

"这是什么话，我是动物训导员吗？"

像这种打趣的话，放在平常，七濑应该会无视，这次却莫名卷入到这两人的节奏中，甚至还配合了起来。

"嗯，说起来也是。我觉得他人不错，也很重视朋友。但是……"

面对满眼期待、像小狗一般蹭过来的两个人，七濑"砰"地关上了他们的期待之门。

"我、讨厌、邋遢的人。"

"看吧，小漂也真是的，我都叮嘱他该去把头发剪了、胡子刮了，把自己收拾得干净一点，他却完全不听，所以才会有这种下场啊，真是的。"

"怪不得没有艳遇呢。明明这对学长来说可能是一生只有一次的机会。"

"好了好了,我知道了、我知道了。"七濑转身背对仰天长叹的两人,"我知道了,你们见到他的时候帮我传一句话吧。就说和上次那件事有关,希望他联络我,他就会明白了。"

"知道了。您肯定很急吧?"

"当然越快越好。哎呀哎呀,到了这个岁数,总觉得时间过得特别快。明明之前刚发过新年祝福,居然明天就到九月了,真是一眨眼就要死掉啦。"

"明天……啊,对了,七濑小姐,我知道学长在哪里了。"

"嗯?"正要离去的七濑停住了脚步,回过头来,"真的?"

"嗯,应该是。"千晓笑着对千帆说道,"今天是八月三十一日,对吧?所以……"

"啊,原来如此。是阿芹那里。什么嘛,小漂这家伙,今年也举办了啊。"

"什么啊?"

听两人对"珍惜夏天余韵之日"进行解释后,七濑抱住了头。

"所以,就因为这种连借口都算不上的强词夺理,从一大早就开始喝酒?哎呀哎呀,他要是我的家人,我估计要把他痛打一顿。唉,算了,能带我去吗?"

"那个,"千晓似乎突然想起了什么,轮流看了看七濑和千帆,"在那之前,我们能先去一个地方吗?不会花太多时间的。"

七濑跟着他们走了一段,最终来到一家挂着写有"须贺"二字的破旧看板的卖酒的店。

"怎么说呢，空着手去好像有点尴尬。"明明没人问，千晓却以辩解的语气说道，"哎呀，倒也不至于到害羞得进不去门的地步。"

"啊——原来如此，原来是这样啊。毕竟你好久没和大家见面了，好了好了，放松、放松。"

千帆开心地绽放出极为灿烂的笑脸，从背后用力揉了几下千晓的肩膀，几乎要把他抱住。千晓则一边说着"啊疼疼疼疼"，一边作势要逃走。

七濑只在去年与千帆见过一面，对她的印象是冷艳的美人，如今她这副天真无邪的兴奋模样与当时形成的反差，要说极富冲击性也毫不夸张。

"这么说来，记得去年是不是店里存的啤酒都被我们喝光了，阿芹还生气地命令小漂出去买来着？"

"今年肯定也会这样。所以，带着酒去比较好。"

"再说了，要是空手过去，小漂肯定会硬扯些歪理，说什么'你们现在才来，早就没有你们的份啦。要是想喝，就自己去买吧'。"

"啊——很有可能。唉，总之就当是慰问品吧。"

原来如此，原来是这种状况。原来如此、原来如此。七濑意识到自己就像监护人一般欣慰地看着这两个人，不禁突然感到惊讶。

这是怎么回事？要是平常的我，看见年轻情侣在眼前卿卿我我，搞不好会因为厌恶而上去飞踢一脚，反正肯定不会感到心境平和，也完全没有道理产生那样的感觉。但是，现在这是怎么回事？这个莫名感到欣慰的自己是怎么回事？看来自己是有点失常了。

"您好。"

三人从狭小的入口进入"须贺"店内。一位穿着运动背心的瘦削白发老人正在收款台扇着团扇。

"喔。"在快要滑下来的眼镜背后，老人的眼睛来回快速地打量着千晓和千帆，"好久没见到你们了。"

"嗯嗯，是啊。"

老人站起身，用下巴指了指收款台旁边用来站着喝酒的吧台。"那就快开始吧？"

"不，今天算了。"

"嗯？啊，我知道了。"老人抬头看向年代久远的墙上挂钟，"你们这是要去阿芹的店啊。"

"对。"千晓点了点头，背后的七濑却惊讶地张大了嘴，偷偷凑到千帆耳边发问。

"这种事，他怎么会知道？"

"唉，今天的这个活动是每年的惯例。"

"什么？已、已经到了渗透进大街小巷的地步了吗，叫什么夏日余韵的那个活动？"

"正好，快到需要补充啤酒的时候了吧？"老人又抬头看向墙上挂钟，"你们去拿给他们吧。"

"哐"的一声，店主把两个装满茶色酒瓶的啤酒箱放在了千晓他们面前。

千晓平静如常，轻描淡写地说了句"那我们就先借走了"，便像在自己家一样，从店铺深处推出了一辆平板车。

"给，账单。啊还有这个。"老人捏着一块红色的布，"上次落在这里了。"

"哎呀，"千帆替腾不出手的千晓接了下来，"是小漂的头巾。怎么会在这里？"

"应该是一个月前吧，他一个人来喝酒的时候，落在这里了。"

"一个人喝酒？那个人？"

"喝得一脸阴沉，真是少见。"

"那么严重？"

"总之一直默不作声。"

"唉——那个话匣子一般的人？"

"我真是佩服他，站了那么长时间，居然连膝盖都不抖一下。"

"毕竟他一直体力过剩，用也用不完。真是给您添麻烦了，我会交给他的。"

三人离开了"须贺"，千晓推着载着啤酒箱、"骨碌碌"作响的平板车，带头前往"便宜食堂"。

"是这里？"

七濑怀疑地看着这栋要是没有看板，完全看不出是食堂的老旧装配式建筑。她斜眼看了一下正把啤酒箱从平板车上卸下的两人，试着打开了店门。随后……

"啊！"

一下子便和祐辅对上了眼。正把手伸向电话机的他僵在那里，茫然失措地大张着嘴，看着七濑。

"真的在这里呢。"

七濑强忍着大笑的冲动说出这句话后，千晓和千帆也抱着啤酒箱走进了店里。

"你们？"祐辅更加困惑了，"你们，为什么会……"

在店里仅有的一张桌子边，还坐着一个看起来像是初中生的女孩，记得她也是安槻大学的学生，名字好像是叫羽迫？

"欸？居然问为什么，你这话问得还真是……"

千帆以与她纤细的手臂不相称的轻快动作将啤酒箱放到冰箱前，

然后粗鲁地戳了一下祐辅的胸膛。

"我们这不是特意过来，与你一起珍惜夏日的余韵吗？我还想呢，今年肯定没什么人参加，你看——果然，只有小兔来了。"

"你、你这家伙！"虽然祐辅一时支支吾吾的，仿佛因遭遇突然袭击而有些生气，但又立刻恢复到了平常的样子，"哈哈"地一笑而过，"喂喂，理由怎样都无所谓，你这家伙，这是什么啊？你身上的这件衣服，跟科幻电影里的宇宙服一样。"

"啊，阿芹。"千晓把账单隔着厨房的隔板递了过去，"这个是'须贺'送来的。"

"好的好的，谢谢谢谢，准备得还真是周到。"

突然，七濑看到视野一角的羽迫由起子站了起来，她低着头，用双手手背使劲儿地蹭了蹭眼睛，随即抬起了头。

"哇——"她的眼角还有些湿润，怯怯地笑了出来，"是匠仔！"

"啊，你好。"千晓害羞地挠了挠头，"好久不见。不对，说好久不见似乎有点奇怪。"

"哇——"由起子这次指向了千帆，"是高千！"

"正是我，没错。"

"高千，就一会儿，抱歉哦。"打过招呼后，由起子紧紧地抱住了千晓。

"哇——是匠仔——"

"哦、哦哦，原来如此。"看着拥抱的两人，祐辅咳了一声，一本正经地咕哝着，"对哦，这个办法可行。嗯。好。"随即转为一脸坏笑，张开双臂，跑向千帆，"哇——是高千——哦！"

只见千帆保持着冷冷的表情，快速一躲，纤手随之一闪。

啪叽——腰上吃了一记干脆利落的手刀的祐辅摇摇晃晃，险些摔倒，踮起一只脚才勉强站住。他调整好姿势，又咳了一声。

"哎、哎呀，高千，怎么说，那个，我知道你因为太久没见我而过于高兴，想要飞扑到我怀里，让我紧紧抱住你。你的心情我非常清楚。但先等等，先等一会儿，现在不是做那种事的时候。"

说完，祐辅终于转向了七濑。

"啊，刑警小姐，正好，其实我刚才正想给你打电话。"

"你等、等一下。"七濑愣住了，"血。出鼻血了。"

"没关系，常有的事。其实，关于曾洋遇到的事，袭击他的那个女人，貌似搞错人了。"

"啊？"把纸巾递给祐辅的七濑眯起了眼，"什么意思？"

"恐怕她想杀的是盛田先生吧。"

"那个目击者？真是有趣。虽然我很想详细听听，但在那之前，我也有一件事要告诉你。"

"什么事？"

"我们查清了那个女人的身份。"

祐辅放下正要擦鼻血的手。

"那个女人还是另一起杀人案件的被害者。"

"真的吗？"

千帆、千晓和由起子都屏住呼吸认真倾听着。

"到底是——"

"等一下。记得之前你曾说与盛田先生见过面，对吧？"

"是的。"

"不好意思。"七濑恶作剧般地把视线从祐辅转向千帆，"从现在开始，我借用他一会儿，可以吗？"

"当然可以，您请您请。"仿佛事前商量好了一般，千帆、千晓和由起子异口同声说完后,掌心朝上伸出手臂,姿势完全一致。① 祐辅赌气地嘟起了下唇。

"可恶,明明酒会刚刚开始。我马上就回来,你们不准都吃光哦,一定要把我的份留下来。那我走啦。"

与他嘴上的不情不愿相反,祐辅以像是反倒在催促七濑一般的气势飞奔出店。

"真是的。"千帆手插着腰,俯视着已被风卷残云扫荡一空的桌子,"什么叫我的份啊?真是令人震惊,这不是已经什么都不剩了吗?"

话音刚落,从开着的门的阴影里又露出祐辅的头来。

"啊,啤酒也是,不要全喝光哦。"

"你赶紧走吧!"

千帆"呼"地用力挥动手臂,把什么东西朝他扔了过去。

"唉哟——嗯?"

祐辅单手接住,展开一看。

是红色的头巾。

---

① 这里千帆、千晓和由起子在模仿日本搞笑艺人组"鸵鸟俱乐部"名叫"どうぞどうぞ(您请您请)"的梗。当众人齐声说"どうぞどうぞ(您请您请)"时,需要配合的姿势是掌心朝上伸出手臂。

RENDEZVOUS 7

"芳谷、朔美……吗?"

盛田清作机械性地重复了一遍这个名字,一脸茫然。

"您有什么印象吗?"

听到七濑的询问,盛田抱起了手臂,却立刻摇了摇头。

"不,没有听过。"

"说到蓝香学园,您有没有什么能回忆起来的事?"

"没什么。"

"会不会是您,或是您认识的人的母校?"

"我认识的人里有蓝香毕业的人吗?我是在公立学校读的高中。"

"这位芳谷朔美在蓝香学园担任图书馆管理员,您有没有因为工作关系和她见过面呢?比如签收过出租复印机或OA机器的订单之类的?"

"没有……"盛田那歪得仿佛要"啪"的一声折断的脖子终于正了回来,"我不知道我们公司和蓝香学园或学园里的教职员工有没有交易,但至少我没有接触过。"

"这个,"七濑递出一张街拍照片,"这是最近拍到的芳谷朔美。"

盛田接过照片。似乎是在熟人的结婚典礼上拍的。盛田用几乎能将照片穿个洞一般的眼神目不转睛地看着,上面的朔美穿着大红色的西装，佩戴着胸饰，长发披肩。

"怎么样？"

"嗯……这么一说，好像在哪里见过，又好像没有。那个，您刚才说她是图书馆管理员，对吧？"

"是的。"

"莫非晚上从事风俗职业？"

"好像没有。至少我们没有发现。"

"那我就不知道了，应该没见过吧。"

"您确定？"

"她长得还挺漂亮的。要是见过，我应该会有印象。"

七濑又递出一张照片。是芳谷朔美在蓝香学园的运动会上拍的，头发扎成圆髻，穿着运动衣和运动裤。

盛田态度勉强地接过照片，一脸无趣地看了一眼，却突然皱起了眉。

"欸？这……"

盛田抬起了头，脸上是和刚才意义不同的茫然表情。

"刑警小姐，这个人，难道是……"

"您见过她吗？"

"这不是那个人吗？哎呀，就是在我家前面的儿童公园跑步，被大学生袭击的那个。"

"就是她对吧？您确定是同一个人？"

"嗯。不不，要是您问我确不确定，我也不好说。"盛田突然一脸认真，与刚才判若两人，又仔细看向照片，"但是很像，非常像。真的非常像。"

"是吗？"

"那个……到底是怎么回事？这位女性怎么了？"

"请您做好准备，盛田先生，接下来我要说的话非常重要，请您好好听着。前些日子，您通报的那起在洞口町儿童公园发生的女性被袭事件……"

"怎么了？"

"从凶手使用的凶器菜刀的把手上检验出了两个人的指纹。其中一个，是已经死亡的曾根崎洋的。"

像在催促稍做停顿的七濑一般，盛田不住地点着头。

"另一个，就是这位，"七濑边说边交替展示两张照片，"芳谷朔美的指纹。"

"啊……是这样啊。"盛田似乎松了口气一般耸了耸肩，"什——么嘛。那就不用找我确认了啊，你们不是已经确定了，这个人就是那时被大学生袭击的女性了吗？"

"是的。但我们特意来找盛田先生您说这件事，是出于别的理由。"

"别的理由？是什么？"

"请您现在再好好回想一下，您真的不认识芳谷朔美这个人吗？和她没有什么私人的关系？"

"我都说了，没有。我完全不认识她，连名字都是头一回听说。"

"也就是说，像是被她记恨之类的事，也肯定没有？"

"啊？记恨？"盛田一脸呆愣，"记恨？我？被这个人？怎么会？怎么可能有这种事呢？我完全不认识她啊。"

七濑别有深意地把视线从盛田身上转向祐辅。

"应该没错。"祐辅点头回应，"盛田先生对她一无所知，但不如说，这才是重点。"

"你……"

盛田不可思议看向祐辅，又转向七濑，用眼神质问为什么祐辅会和她在一起。然而七濑并不打算回应，而是点了点头，催促祐辅继续说下去。

"那个，盛田先生，恕我冒昧，请允许我来进行说明。前几天我曾经向您请教曾根崎洋的事。"

"嗯？"

"八月十七日晚，曾根崎洋在袭击芳谷朔美时遭到对方反击，误将菜刀刺入自己的腹部而死亡——目前案件是这样解释的。然而，情况似乎正好相反。"

"相反？什么相反？"

"其实，曾根崎洋才是被袭击的一方。"

"啊？"

"袭击他的自然就是芳谷朔美。目前看来，她想要杀害曾根崎。"

"嗯？"

盛田像是没反应过来的样子。

"要说原因，是因为准备那把菜刀的其实是芳谷朔美。我会这样想也是有依据的，关于这一点，上次与您见面的时候我也略微提到过一些。"

祐辅再次对在"三瓶"前与大家分别时，曾洋身上没有带任何东西的情况进行了说明。

"然而他并非完全两手空空。上次连我自己也忘记了，其实他拿着香烟。"

祐辅稍作停顿，盯着盛田。对方仿佛在说"那又怎样"一般耸了耸肩。

"那盒烟是在居酒屋门前和他分别时我给他的。我再重复一下上次的说明。曾根崎洋和我们分别后，徒步前往了洞口町。因为那时有轨电车和公交车都已停运，再加上他没有打车的钱。从时间上来看，他中途没有去过别的地方。曾根崎洋应该是直接走到了那个儿童公园。然后，他在那里做了什么呢？"

"是啊，做了什么呢？"

"恐怕先抽了一口烟。"

"抽烟……"

"就像这样，"祐辅把一根烟叼在嘴里，用打火机点上了火，"静静地点烟。就在这时，他遭到了偷偷接近的芳谷朔美的袭击。"

"袭击？被菜刀？"

"曾根崎洋差点儿被刺中，好不容易才躲了过去。之后两人争夺凶器之时情势逆转，变成他跨坐在芳谷朔美身上。盛田先生您目击到的就是那一时刻。"

"简直像是……怎么说呢，你的语气简直就像你当时也在场一样啊。"

"之前对目标进行过长期且仔细观察的芳谷朔美一定是觉得在他点烟的那一刻下手是最好的时机吧。但由于动作不够娴熟，她失败了。"

"仔细观察？"

"之前的一个月左右，她一直在观察。"

"啊，一个月……"

"芳谷朔美在之前的一个月里，一直思考着袭击的时机。她装作晚上跑步，对总在午夜十二点左右在儿童公园的长椅上抽烟，之后才回家的男性的动向进行了仔细的观察。"

一脸茫然的盛田终于张大了嘴，眼镜后面的眼球都因恐惧而突了出来。

"那、那个人……难道？"

"是的，盛田先生。"七濑严肃地宣布，"我们认为，芳谷朔美瞄准的对象其实是您。"

盛田仍是一脸茫然，似乎想挤出笑容，却因嘴唇痉挛不已而无法做到。

"为了杀您，她一点一点做好了准备，最终决定在十七日的晚上实行。然而，她犯了一个致命的错误，她搞错了最重要的目标。"

"偶然在同一时段来到儿童公园的曾根崎洋，做出了相同的吸烟举动。您和他都戴着眼镜，这大概也是被认错的原因。"祐辅淡然地扳着手指，举出两人的共同点，"再加上您上班时不太系领带，大多时候打扮休闲，身为大学生的曾根崎洋集齐了被错认成您的所有条件。"

"等、等等，太荒唐了。"

盛田似乎放弃了一笑了之的尝试，充血的眼睛来回瞪着七濑和祐辅。

"怎么会有这种荒唐事。我说了好多遍了，我真的不认识她，也从没见过这个叫芳谷的女人。不对，可能在不知情的情况下在儿童公园里见过几面，但从没说过话。是真的，我没说谎。"

他的语气已从愤怒逐渐变成缺乏自信的苦苦哀求。

"我发誓，是真的。我真的不认识她啊。那个女人为什么会想杀我呢？肯定是搞错了。对、对了，你、你听我说。"盛田口沫横飞地冲着祐辅说，"你说她把我和曾根崎洋搞混了？这不可能啊。虽然我不认识芳谷朔美，但那个曾根崎洋应该认识啊。之前你不是说过吗？他是被那个女人约出来的，所以才会在那个时间来到儿童公园。如果凶器是那个女人准备的，要杀的对象当然是曾根崎了，肯定是。"

"不是这样的，您想错了。"

"我没想错。你看，如果不是那样，那说到底，曾根崎洋为什么会在那天晚上来儿童公园？之前一直对这点感到疑惑不解的不是别人，不正是你吗？那是因为被女方叫了出来，不可能是别的原因。"

"曾根崎洋没有被芳谷朔美或其他任何人叫出来。"一脸忧郁的祐辅叹了一口气，"他之所以会在那个晚上去洞口町，有其他的目的。"

"目的？什么目的？"

"在那个儿童公园附近有一户姓名理的人家。"

在祐辅说明那两个字是名字的"名"和理科的"理"之后，盛田回忆了起来。"啊，是那户人家。原来读作名理啊。"

"您知道吗？其实，曾根崎洋生前交往过的女性，曾在那户人家寄住过一段时间。"

祐辅简单地说明了一下曾根崎洋因为与朋友的表姐三津谷怜之间的关系恶化，从而做出类似跟踪狂的行径的事情。

"那名女性在那之后立刻跨国闪婚，离开了日本。虽然身为女方表弟的友人已经将这件事传达给了曾根崎，但不知道是因为他觉得对方是在开玩笑，还是由于对那名女性过于执着，总之曾根崎洋并不相信。"

"所以，你是想说，他跑到那个名理家，是为了见到他一心以为被亲戚藏了起来的女朋友？"

"严格来说，是装出这么做的样子，这才是曾根崎洋的目的。"

"装出这么做的样子？你在说什么啊？他要装给谁看啊？"

"装给他的朋友，三津谷怜的表弟石丸看。那天晚上石丸也参加了酒会。虽然如今已经无法向曾根崎洋本人确认，无法准确地再现他的想法，但估计大概经过就是这样的。从结论来说，曾根崎洋是想让石丸尾随他。"

"尾随？"

"从居酒屋到洞口町。"

祐辅又对十七号晚上在"三瓶"门口分开的时候，曾洋曾做出既像啄木鸟啄木头，又像是一边听音乐一边打拍子的奇妙举动进行了说明。

"原本我以为他是喝醉了，摇摇晃晃的。但不是的，他大概是在计算人数。"

"人数？"

"参加酒会的人数。他是背对着大家计算从店里出来的人数。这么做估计是谨慎起见，以防与其他学生一个一个地打照面而被人怀疑。实际上，就算曾根崎回过头来一一确认从店里出来的每一个人的脸，想必也不会有人觉得奇怪，是心里暗藏计划的他有些自我意识过剩了。数到包括自己在内一共七人之后，曾根崎洋便认为友人石丸已经从店里出来了。但实际上，他搞错了。"

曾洋误以为尼采，也就是赟川，是从店里出来的最后一人。

"恐怕曾根崎洋直到死去都没能想明白。他坚信石丸看见了从居酒屋离开时自己的背影，而且他相信，当石丸发现他没有走向学生公寓，而是走向了完全相反的方向时，一定会尾随在自己身后。在通往洞口町的路上，曾根崎想必一直对石丸正在尾随自己这一点深信不疑。"

但事实上，狮子丸那晚帮尼采付账了，是最后一个从店里出来的，所以完全没看见曾洋离去时的身影。

"到达洞口町时，曾根崎洋恐怕也一心以为石丸正在自己身后屏息隐藏着。"

"虽然听着挺像回事，但我完全搞不懂，曾根崎洋到底为什么要这么做？"

"这有点复杂，应该说是他扭曲的心理酿成的苦果。"

听到祐辅说出曾洋因把饮料带进教室而被老师责骂之后，为了泄愤，故意准备了一个饮料罐形状的铅笔盒这一事迹后，盛田一脸不快地皱起了眉。

"什么啊，真是幼稚。"

"据我猜想，他这次可能打算在他的朋友石丸面前上演同样的戏码。作为铺垫，曾根崎洋在酒会之前装作若无其事地告诉石丸，说自己已经找到了那名女性躲藏的地点，是位于洞口町的名理家。"

"这到底是怎么回事？你是想说，曾根崎装作自己还在跟踪那名女性，为的是欺骗自己的朋友？他是为了让石丸担心，不知他这么晚还特意去洞口町到底目的为何，搞不好会闯入名理家之类的？"

"是的。他其实什么都不想做，只是想让石丸慌张。"

"要是被石丸责问到底想干什么，他就会说：'你在说什么啊，我就是想在这里悠闲地抽根烟而已。'以诸如此类的借口，来故意装糊涂之类的？"

"正是。曾根崎洋恐怕对那些训斥明明什么都没做错的自己不要再给那名女性添麻烦、要好好冷静一下的人们积攒了不少不满，他打算将这种愤懑发泄一下。刚才我也说过，由于不能向本人确认，所以这只是我的想象，但我觉得他大概是想以这种方式给石丸下套。"

"然后，曾根崎洋一边对实际上并不在背后的观众装出要接近名理家的样子，一边作势要抽一口从你那里得到的烟……于是，就被误认成我了？"

祐辅和七濑同时点了点头。

"可是，我都说了很多次了，我根本不认识这个叫芳谷的女人啊。她为什么要杀我呢？真是完全搞不懂。"

"这也只是我的想象，她恐怕是受人之托。"

"咦？受、受人之托？让、让她杀了我？这……这种事，怎么可能啊，她又不是杀手。"

"当然，对方应该提出了相应的回报。"

"什么回报？钱吗？"

"不。应该是比金钱更有价值的东西，至少对芳谷朔美而言。"

"那是什么？就、就算是这样，到底是谁，是谁拜托这个女人做这种事的？"

"盛田先生，当然是你身边的人了。若你被杀，会被警察以很高的概率怀疑是否有杀人动机的人。"

"这种人……我完全想不出来啊。"

"委托芳谷朔美杀害你的人，就像刚才所说，肯定在你身边。还有一个重要的条件。"

"条件？"

"假设芳谷朔美没有认错人，成功将你袭击并杀害，鉴于那一带周边的很多居民会在早上去公园散步或跑步，所以你的尸体应该会在十八日的早晨被发现。也就是说……"

"也就是说？"

"你的死亡时间能被十分准确地敲定。当然，委托芳谷朔美的幕后黑手也预想到了这一点，所以让自己在那一时刻能够逃到绝对安全圈。"

"绝对安全圈？"

"换句话来说，就是确保了自己的不在场证明。"

"不在场证明……"

"委托芳谷朔美杀害你的幕后黑手需要满足的条件，就是从十七日晚上到十八日早晨，拥有绝对无法被打破的、铜墙铁壁般不在场证明的人物。例如，在那时去外地旅行的人之类的。"

"去外地旅行？怎么可能有这种仿佛悬疑剧般凑巧的事……"

盛田"呜"地呻吟了一声，像是要呕吐了一般，面部扭曲。

"不……不会是？"

*

"交换杀人吗？"

佐伯揉了揉眉头，抬头望天。

"又出现了不得了的结论啊。这件事你对主任说了吗？"

"还没有。"七濑淡淡地说，"我想在那之前先让您好好了解一下，如果可能，希望您在正式报告时做我的援军。"

"喂喂，这种事为什么要找我？应该让平塚之类的去做更合适吧？"

"要是他在搜查会议上说出这种荒唐无稽的言论，您觉得大家会把他的话当回事吗？"

"唉，好吧。"佐伯摸了摸脸，"所以，与芳谷朔美合谋的就是……"

"是盛田先生的妻子，操子。肯定没错。"七濑与身旁的祐辅一起点了点头，"虽然还没有物证。"

"盛田先生本人是怎么说的？他能想出使妻子对自己抱有杀意的理由吗？"

"他们两人曾因盛田先生在家吸烟的问题起过争执,那时盛田先生对操子动了一次手。因为这件事,夫妇在这半年来都保持着互不交谈的冷战状态。"

"还有呢?"

"他说能想到的就只有这个。"

"哦。喂喂,再怎么说也……"

"操子是个非常记仇的人,可能是在冷战状态长期持续的过程中产生了常人难以想象的深深的杀意。盛田先生本人只能分析到这个地步,可能还有其他出人意料的、丈夫没有意识到的强烈动机,但目前还没有发现。"

"嗯,这点先暂且放在一边。另一方面,芳谷朔美认为企图将濑尾朔太郎逼入绝境的鲤登明里是个碍眼的人,如果她不采取行动来隐藏未婚夫和女高中生之间的不正当关系,也许好不容易争取到的嫁入豪门的机会也会化为泡影。思来想去,芳谷朔美开始考虑杀害明里这一办法,从而与想杀害丈夫的盛田操子达成了一致。"

"正是如此。"

"说起来,这两个人认识吗?"

"不知道。至少从现阶段来看,芳谷朔美与盛田操子看起来不像是熟人,没找到两人之间的共同点。"

"遗留的问题还真多啊。算了。总之,这两人达成了一致,决定交换杀人。"

"先是十七日晚上,盛田操子以参加熟人的结婚典礼为借口前往东京,确保自己的不在场证明。这期间,已掌握盛田先生喜欢先在儿童公园的长椅上抽一根烟再回家的朔美,决定借此机会将其杀害——她是这么计划的,却因为抢先到来的曾根崎洋而失败了。"

"凶器上留下了指纹，说明她直接把凶器拿在了手里？嗯，也不是没有可能。虽然是在晚上，但在这个季节戴着手套在室外行动确实有些不太自然。"

"大概吧。她应该本来计划杀完人之后把凶器拿走，或是把手柄擦干净之类的。结果却没有余地供她善后。"

"遭到反击的朔美好不容易才保住性命，得以逃生。那时她有没有意识到自己杀错了人呢？"

"不知道。但不管怎样，交换杀人的计划要继续进行下去。"

"二十日起，朔美与未婚夫前往欧洲进行婚前旅行。在她确保了完美的不在场证明的期间……"

"盛田操子将鲤登明里杀害。这就是她们的安排。"祐辅接过了话头。

"到这里为止都没有问题。虽然是异想天开的理论，但还能说得通。无论如何都让我想不通的是……"佐伯束手无策地轮番看向七濑和祐辅，"为什么盛田操子不光杀害了鲤登明里，还将明濑巡警也一并杀害？而且，在杀害明里之后，她为什么要在现场逗留四个小时之久，甚至做出从冰箱里搜刮食物大吃大喝，这种连想一想都会令人感到不快的举动？"

"我的想法，可能听起来不太正常，甚至可能会被人质疑我到底适不适合当一名搜查官。所以，这里就让边见同学来发表一下意见吧。"

"我丑话说在前头，就算是由我来说，听起来依旧很不正常，基本只能看作是我的妄想。"

"没关系，你就把你的妄想说来听听。"

"首先需要明确的是，盛田操子对明濑巡警这个人完全没有行凶动机,之所以对他下手,是因为除了鲤登明里之外,她还必须再杀一个人。至于对象——说出来你们可能觉得我不太正常,但恐怕是谁都无所谓。按她当初的打算,应该是想等明里的母亲回家后将她杀害吧。"

"原来如此,你和她的看法一样啊。"

"啊?"

"没什么,你继续。"

"可那天明里的母亲比平常晚回家,中途上门的是明濑巡警。等了四个小时的操子觉得是时候做个了结了,于是决定将其杀害。理由是……"祐辅做了一个深呼吸,停顿了片刻,"不管是明里的母亲也好,巡逻中的警察也罢,总之操子必须再杀掉一人的理由,我想是为了保持平衡。"

"平衡?"

佐伯把满含疑问的视线缓缓地从祐辅身上移到了七濑身上。

"既然要交换杀人,共犯们必须顺利地完成各自的犯罪行为。与其说是为了对方,不如说是为了自己的安全。然而,先下手的芳谷朔美失败了,她不仅认错了人,还导致无辜的另一个人死亡。当然,曾根崎洋的死也可以看作是他自己不小心,不过,死了一个人的事实是不会改变的。"

佐伯一脸严肃,又看向祐辅。

"计划一旦开始,就不能在中途轻易变更。芳谷朔美先将该由她施行的犯罪计划搁置,与未婚夫一起前往欧洲旅行。她不在的时候,盛田操子顺利地杀害了鲤登明里,本来操子的任务应该到此结束,没有需要做的事了。不,准确来说,只要再配合朔美第二次杀人尝试的日程,确保自己的不在场证明,一切就都结束了。"

"没错。"

"但是，请考虑一下此时操子的立场。自己顺利地杀掉了鲤登明里，作为交换，芳谷朔美必须在下次出击时杀掉盛田。然而，能保证朔美会进行第二次犯罪吗？搞不好她会突然胆怯，说什么'我还是不干了'之类的话呢？操子突然开始疑神疑鬼。"

似乎隐约察觉到祐辅想要说什么，佐伯的眼周微微地抽动了一下。

"对操子来说，必须要防止朔美中途退出。当然，到了万不得已的时候，操子也做好了去找警察的思想准备，这样一来，朔美也会因教唆杀人而被问罪。好不容易找人杀掉了鲤登明里，她也得不到任何好处，最终只会身败名裂。如果不出意外，操子应该不用担心被朔美背叛。然而，虽说认错了人，但已经导致一人死亡的朔美，精神上到底能撑到什么程度？已经杀死了一个人，还要再次弄脏自己的手，也许她会抗拒，觉得为什么她要杀两次人，实在太不公平了，最终决定即使被问罪、被毁掉一切，也要自首。操子最害怕的，应该是朔美在精神的重压下不堪重负，于是……"

"于是，她要再杀一人？"佐伯呻吟出声，"是谁都无所谓，反正她要再杀一人，好让彼此的负担得以平衡，是吗？"

"这样一来，就避免了不公。操子是想单方面地向朔美传达这样的讯息——我已经杀了两个人了，所以你也不能犹豫，再杀一个人，也就是杀掉盛田清作这一真正的目标。"

"那后来朔美被杀……"

"大概是操子的计划适得其反了。她做得太绝了。面对为了平衡交换杀人的负担，不惜把毫无关系的人也牵连进来的操子，朔美产生了恐惧之心，决定去自首。而意识到这一点的操子先发制人，把朔美灭了口。"

RENDEZVOUS 8

"被主任教训了,说我是纸上谈兵。"

七濑自嘲地说了句泄气话,一口也没动那杯没加奶也没加糖的黑咖啡,只是用勺子毫无意义地搅个不停。

"尽管佐伯警官在尽量自然地为我发声,但大家还是愣在当场,说着'交换杀人?这算什么?又不是惊悚电影'。"

在证实盛田操子的罪行之前,要先说服搜查总部,这本身就是一件困难的事。虽然祐辅已有准备,但现实似乎比他想象的更加困难。

咖啡馆的菜单上也有生啤,但毕竟还是大白天,再加上如果只有自己点啤酒,多少会有些顾虑,于是祐辅一边应和着七濑的抱怨,一边往第二杯咖啡里放入砂糖和牛奶。

"确实,目前只有间接证据,必须要找到物证才行。"

"他们说根本就连间接证据都没有,把我们的主张驳斥了个体无完肤。真是让人无话可说。"

"啊?不应该啊。儿童公园的那起案子,不是从凶器的手柄上检测出了芳谷朔美的指纹吗?很明显她是要杀害盛田先生啊。再加上操子那天在东京,有不可动摇的不在场证明,这不就是交换杀人的有力的间接证据吗?"

"不能这么说。首先,还没有证据表明准备凶器的是朔美,而不是曾根崎洋。退一步来说，姑且认为朔美确实对某人怀有杀意，就算是这样，她的目标究竟是不是盛田先生也说不准。就算有指纹这一证据，可以证明她袭击了曾根崎洋，但也不能证明那是她把曾根崎洋和盛田先生搞错了而造成的结果。"

"但是——"

"退一万步，就算朔美试图杀害盛田先生，并且，就让我们假设，这是她和他人合谋的一次交换杀人。但要如何确定她的搭档就是盛田操子呢？"

"那是因为——"

"对盛田先生抱有杀意的人，除了他妻子操子以外可能另有其人啊。比如在工作上有矛盾的同事，等等。"

"可是，现实生活中与芳谷朔美有深刻矛盾的女高中生鲤登明里也被杀了，所以无论怎么看——"

"那也许只是和这起案件毫无关联的另一起案件。至少谁也无法断言，只有芳谷朔美一个人有杀害鲤登明里的动机。"

原来如此，每一条都很有道理。祐辅也抱起了头。会被认为是纸上谈兵而被踢到一旁也是没有办法的事。不管三七二十一先行动，这种拍脑门的想法在现实的案件搜查中似乎行不通。

"当然，那部像色情小说一样的纪实小说，以及由于与濑尾朔太郎发生了不正当关系而导致鲤登明里怀孕等，确实与芳谷朔美有关。她与鲤登明里存有矛盾确有其事，朔美绝非清白。更何况鲤登明里被杀害时她居然在欧洲旅行，可以说这个不在场证明实在是过于完美了。"

"也就是说，不能排除朔美教唆其他人杀害了鲤登明里的可能性。"

"是的。但也不能积极地肯定这种可能性。假设要肯定,也不能一下子就跳到那个人就是盛田操子的结论。"

"朔美试图袭击操子的丈夫盛田先生,这件事不能作为佐证吗?就算不能断定,应该也不能完全否定啊?"

"说到底,相比之下,还是无法证明她们俩相约交换杀人这一假说的证据更多。首先,如果她们互相委托去杀人,那么两人应该有非常密切的关系。然而目前来看,完全找不到能将这两个人联系在一起的联结点。"

"也许她们就是没有任何联结点,就算是这样,也没什么可奇怪的。她们也许是因为一件小事相识,之后产生了深刻的利害关系。加上两人都有想要杀的对象,所以,为了彼此都能有完美的不在场证明,经过商量,她们一致决定交换杀人……"

"那她们是在哪里认识的?"

"额……嗯……这个嘛,那个,得调查一下,我可不好说。"

"我不认为盛田操子有认识芳谷朔美的机会。佐伯警官和现在由我直接指导的三个年轻人已经进行了很多调查,从毕业的学校到之前的工作地点、常去的店,等等,都找不到两人可能相遇的场所,没有找到任何共同点。"

唉——七濑罕见地重重地叹了一口气,趴在了桌上。

之后她飞快地抬起头,伸出手,"咚咚"地轻敲了两下祐辅的手臂。

"抱歉,我在这里挑你的刺,也没有任何用处。"

"没什么,您不用在意。"

"说起来,今天你收拾得蛮清爽的。"

总是蓬乱的头发修剪得整整齐齐,胡楂也剃得干干净净,但今天的祐辅似乎有些提不起劲,连好不容易才找回来的头巾也没戴,看着感觉像是快感冒了。

"那当然，毕竟是约会嘛。"

"莫非……是那个女生建议你的？"

"啊？不、不是。"

"说中了啊。"七濑终于放下小勺，喝了一口咖啡，"你也真是辛苦啊。算了，就算是得不到回报的单恋，从长远来看也算是一种幸福。"

最近似乎有人说过同样的话，但祐辅一时回想不起来是谁。

"是您误会了。不，也不算误会。"

"你就坦率一点吧。喂，加油吧。"

"我能抽烟吗？"

"请吧。给我也来一根。"

"您也抽吗？"

"偶尔抽。"

让祐辅为自己点上烟的七濑吐出一口烟，回到了刚才的话题。

"交换杀人这种事，作为一个设想确实可以成立。但在经过各方面的讨论之后，我们认为还是不太现实。假如他们二人是十几年来的好友，倒有可能在闲聊的时候突然提出'其实我现在有一个想杀的人'这种危险的话题。但是……"

"是哦，确实。就算在酒馆或美容院，两个原本没有很深交情的人有机会相遇、相识，也似乎不太可能轻易就聊到杀人这种过于掏心掏肺的话。"

"是这样的。这点才是瓶颈所在。"

"果然还是要有物证才行吗？"

"只能这样了。但你看这情况，真是愁死人了。"

"鲤登明里和明濑巡警的那起案件，没有从现场检测出指纹吗？"

"要是说鲤登家人以外的指纹,其实检查出了几个。"

"咦?那把那些指纹试着比对一下不行吗,和盛田操子的进行比对?"

"真的会有她的指纹吗?很难想象凶手会不小心留下证据。我们还得要求对方配合调查,让本人提供指纹样本,这一切必须在将其他障碍全部排除的前提下才能进行,必须慎重再慎重,很难实现的。"

"芳谷朔美被杀的案件里也什么都没查出来吗?没有什么有利的物证之类的?"

"没有。一干二净,什么都没有。连朔美到底是在哪里被杀的,即杀人现场究竟在哪里,都还没有确定。"

"不是在朔美自己家里吗?"

"从现阶段的调查结果来看,应该不是。"

"卷在朔美尸体脖颈处的绳子,以及包在身上的毛毯、硬纸箱之类的呢?"

"当然全部排查过出处,但都是些随处可见的东西,没有一样能查出购买地点或入手地点。"

她愤恨地把烟头摁熄在烟灰缸里。

"至少我认为她有罪。但这样下去不要说逮捕了,就连要求盛田操子自愿参加审讯都不行吧。说白了,这就是最糟糕的胶着状态啊。唉,不过按主任的话说,这是我一个人在唱独角戏,只是我自以为的胶着状态而已。"

*

"这样啊,在这里卡住了。"

一直向祐辅刨根问底，询问他期待已久的与七濑的约会经过的千帆，先是狠狠地嘲弄了他一番，接着在得知搜查遇到难题时，变得一脸认真。

新点的中扎生啤和香肠拼盘摆到桌上时，众人陷入一阵短暂的沉默。

"但是啊，在这么困难的时刻，你居然还把七濑小姐约出来，试图追求她，真不愧是小漂啊，够有胆的。"

"喂喂，不是我约她，是她找我的。"

"啊？怎么可能，你在妄想些什么？"

"哪里是什么妄想。"祐辅把涂满了芥末粒的香肠放进嘴里，"咔嚓"一口，"貌似是她的上司对追根究底过了头的她有些担心，所以半命令地让她休息一下。"

"要休息的话，她怎么会来找小漂你呢？"

"可她就是来找我了啊，我也没办法。而且说起来，我也没有追求她的时间，只是在听她抱怨搜查如何停滞不前。"祐辅大口大口地灌下生啤，"啊——而且一直不停地喝咖啡，胃都要不行了。"

"那么，就在这个时候，为七濑小姐绞尽脑汁，展示出你帅气的一面吧。"

"喂，高千，我不是都说了，只靠纸上谈兵的智慧是不行的。毕竟这不是电视剧，而是现实中的调查。对警察来说重要的不是推理，而是物证啊，物证。"

"如何能够找到物证的智慧，就由我来借给你吧。"

"说得还真轻巧。说到底，光是想出芳谷朔美和盛田先生的太太合谋犯罪这一理论，就已经用尽我的所有智慧了。"

"对小漂而言，还真是个异想天开的想法啊。关于明濑巡警被杀害的动机也是，居然说是为了平衡共犯者的负担。"

"唉，究竟那是不是真相，只能问盛田操子本人才能知道。"

不知是不是顾虑千晓的心情，祐辅微微摇了摇头，含糊其辞。

"总之，我已经绞尽了脑汁，到了想象的极限。再怎么努力，我也连鼻血都榨不出来了。"

"交换杀人啊……"小池先生看上去已经完全从食物中毒事件中复活，以好了伤疤忘了疼的气势狼吞虎咽地吃着炸鸡翅，"确实，从你的话听来，那位太太真的很奇怪啊。"

"嗯，我估计她就是凶手。"

"但是啊，她为什么会对丈夫抱有杀意，理由我还是不太明白。"由起子将切成薄片的香肠与番茄沙拉混在一起塞进嘴里，和啤酒一起咽下了肚，"据盛田先生本人说，他只能想到曾经在一次夫妻吵架的时候一时没忍住，对妻子动过手。但这种程度的事，真的会升级成杀意吗？"

"那可不好说。比如……"追点了炸肉串拼盘之后，祐辅一本正经地抱起了胳膊，"比如说，不是有的孩子因为在学校被老师责骂就自杀了吗？现实中偶尔也会看到这种新闻。如果只看这一件事，普通的大人应该会为孩子简单粗暴的思路感到惊讶与叹息吧。然而对孩子本人来说，可能在那之前就已经积累了各种各样令他烦恼不已的事情，最后，被老师责骂一事就成了压死骆驼的最后一根稻草。整件事肯定不是外人眼中看到的那么简单。"

"所以你是想说，对于盛田操子而言，被丈夫殴打这件事，为她之前积累的种种不满和郁愤点了一把火？"

"算是吧。具体累积了什么不满，外人无从得知。盛田先生应该也不知道，搞不好让操子本人一一列举都很困难。所以才说人的怨恨这种东西，是非常可怕的。"

"原来如此，真是学了不少。"打了一个嗝的小池先生不知是不是因为喝啤酒喝胀肚了，开始改喝冷酒，"真不愧是受人怨恨三十年的学长说出来的话，就是有分量。"

"谁被恨了三十年啊？我还没活那么长呢。"

"但是，接下来会怎样呢？要是一直这样找不到任何物证……"由起子停下要翻菜单的手，悄悄地环视了一圈众人，"如果盛田操子的罪行也无法被证实，莫非……会变成悬案？"

"也许吧。"

"这点不用担心吧？"喝干了一扎啤酒的千晓，向前探身看着桌子，"哎呀，炸鸡已经没了？"

"抱歉，匠仔，全被我吃了。"

"再叫一份吧。"由起子"唰"地举起手，叫来了服务员，"这么一想，我也完全没吃到鸡翅。真是的——都怪小池先生，为什么对鸡肉那么执着啊？这不是和你的角色设定冲突了吗？"

"不是不是，因为我最近'格式塔转换'了一下。可能是因为食物中毒的关系。"

"不对，喂，喂喂喂，你们几个，不要转移话题。明明刚才匠仔做出了不能忽视的爆炸性发言。"

"啊？"关键人物千晓一副完全没反应过来的样子追加了啤酒，"我刚才说了什么了不得的话吗？"

"当我们说案件可能会成悬案的时候，你不是立刻否定，说不用担心吗？"

"啊啊。"他一脸没出息的表情挠了挠头，"我是觉得七濑小姐那么努力，肯定离解决案件不远了，应该是。"

"真乐观啊，对你来说，算是很少见了。"

"现在应该已经找到物证了吧。"

"啊？什、什么？居然说出这么不负责任的轻率言论？"

"凡事还得找专家啊。没事的。警察是专业人士，只要锁定了芳谷朔美被杀害的现场，正式开出搜查令去调查，肯定能找到的。像是血迹，或是可用于 DNA 鉴定的材料之类的，一定会有。"

"我说，匠仔啊，你这家伙，有在听我说话吗？就是因为完全不知道这关键的杀人现场在哪里，才无计可施啊……"

"芳谷朔美被杀害的现场，就是操子家。"

"啊？"

"就是学长曾经去过的，洞口町儿童公园前面的那座公寓。"

"你是说'洞口之友'？"

"记得是三○三号房吧，盛田夫妇家？芳谷朔美就是在那里被杀害的。"

听到千晓干脆利落、不带一丝犹豫地下了断言，不仅祐辅，其他三人也愣在当场。

"为、为什么你会知道？"

"因为没有其他的可能。"

"我在问你依据是什么啊。我先声明，你可不准说因为凶手是盛田操子，所以杀人现场也设成是她们家就 OK 了之类的。"

"那个……不是，我的脑袋好像有点不转了，这个话题就另找机会再——"

正说着，千晓追加的生啤端了上来，被坐在旁边的千帆一把抢去。

"哎、哎呀呀？你在干什么？"

"快点回答小漂的问题。在你回答之前，这个……"一脸微笑的千帆的声音突然变得低沉,感觉十分恐怖,"先没收。"

"怎、怎么这样……"

"高千,对付匠仔,就得先让他喝一点。"由起子一脸愉悦,"不然,他的脑袋会转不动啊。"

"总之,先喝一口。要是想把剩下的都喝光,就快给我全都招了。"

"好、好可怕啊……"由起子、祐辅和小池先生三人,像雪山遇难者一般在桌子一角缩成一团,颤抖不已,"高千,好、好可怕,那表情、那声音,比任何魔鬼刑警都……"

"说、说到底。"千晓也是,虽然把酒杯凑到了嘴边,却没喝到啤酒,只在鼻子下方蹭上了白沫,"杀害芳谷朔美的是谁呢?"

"那还用说吗,你这家伙。"祐辅哼了一声,"盛田操子啊。不可能是别人。"

"那么,为什么操子要杀掉朔美?明明两人定下了交换杀人的契约,说起来也算是命运共同体。"

"肯定是因为朔美在中途背叛了她。"

"你所说的背叛,是怎么背叛的?"

"要去向警察告发之类的吧。"

"为什么?要是做出那种事,身为共犯的朔美不是也会陷入绝境吗?"

"这个……肯定是因为她害怕了。朔美已经使毫无关联的曾洋被牵连致死了,而操子居然仅仅为了使彼此的负担达到平衡,就把偶然造访鲤登家的警察给杀了。朔美没有想到自己的伙伴竟然会做出如此冷酷的举动,完全吓傻了。既然这样,比起弄脏自己的手,还不如因教唆杀人而被逮捕。她应该打算去找警察自首了,而提前察觉到这一点的操子就先下手为强——"

"把朔美灭了口,是吗?"

"肯定是啊。"

"如果是这样,就有几个不合理的地方。首先,朔美被杀的时间是不是太早了?从欧洲旅行回国的她接受警察的调查是在二十九日,而当天晚上她就被杀了。这么短的时间,操子能觉察到朔美打算去向警察告密吗?"

"有没有可能不是操子觉察到了什么,而是朔美不小心说了泄气的话,像是已经不想干了之类的,对操子直接说出自己不想杀人了,打算退出。"

"这不可能。"

"咦?为什么?"

"要是这样,朔美在二十九日接受问讯的时候不就应该把一切都招出来了吗?"

"那可不一定。有可能那时朔美还没做好准备。自己参与了交换杀人的计划什么的,不可能那么直白地告诉刑警吧?"

"实际上,我觉得这才是这起案件中最大的重点——"

千晓若无其事地把扎啤喝了个干净,而千帆贴心地又为他点了一扎。

"说到底,朔美和操子彼此见过面吗?"

"啊?"

"七濑小姐曾经说过吧?照目前调查的情况来看,两人之间没有任何联结点。当然,也许之后还会有新发现,但目前无论怎么调查,两人之间都没有任何关系——我敢打赌,最后也只会得出这个结论。如果以这个结论为前提,那么,朔美和操子应该对彼此的身份一无所知。"

"等……等、等、等一下,匠仔,你……"

"搞不好,有可能连对方和自己一样是女人这一点,也就是连性别都不知道。"

"喂,喂喂喂,怎么可能啊?这算怎么回事?你是想说她们两人计划交换杀人这一猜想,就是错的?"

"不,她们确实是合谋。"

"那、那你还说什么她们两人不知道彼此的身份。怎、怎、怎么会有这种荒唐事?"

"学长,学长。"由起子戳了戳祐辅的胳膊肘,"也许匠仔是还没喝够。"

"我也没喝够呢。不好意思,小姐——"祐辅嘴角吐着泡沫,叫住了服务员,"特大扎生啤,拿五扎,不,拿十扎过来,'咚'地放到我们这里。"

"啊,我要黄油炒鲍鱼芦笋。"

"我要金枪鱼拌生牛肉。"

小池先生和由起子趁乱点了店里价格很贵的两道料理。

"我还以为你要说什么,结果又是这么荒唐的话。说到底,匠仔,你说这些到底有什么依据?"

"依据吗?嗯嗯,那个,也不是没有。"

"给我好好说清楚。来,来吧,要是你能让我心服口服,今晚的酒钱,我全——都包了。"

"啊,小哥。"千帆立刻举起手,呼叫服务员,"炭烤和牛要一份。太棒了,再点一份炙烤金枪鱼好了。"

"那个好像很好吃啊,给我也来份一样的。"搭上千帆的便车,千晓又重新开始说明,"我之所以认为两人对彼此的身份一无所知,理由之一大概是，朔美的尸体被遗弃在了常与神社。"

"啊？"

"听好了，假设杀害朔美的动机是灭口，那么操子不可能选择在自己居住的公寓'洞口之友'实施。"

"等一下，等等、等等，匠仔。你这么一说，事情就完全颠倒了，这也太卑鄙了。朔美被害的现场是操子居住的公寓，这一点没有任何证据，只是你擅自说的，不是吗？以此为前提也太狡猾了。"

"正因为这样。"

"什么正因为这样？"

"操子把朔美的尸体搬到了常与神社，她为什么要特意做这种事？"

"当然是因为碍事了。费时费力地遗弃尸体，理由除此之外应该没别的了。"

"没错。但是，请你好好想一想，如果是为了灭口而杀害朔美，那么凶手应该一开始就选择犯罪后可以把尸体放着不管的地方行凶吧，对不对？"

"不一定是有计划的犯罪啊。可能操子遇到了某个突发事件，必须立刻杀死朔美。在这种情况下，哪里有选择地点的余地呢？"

"你是说突发性杀人？就算是那样，只要把尸体留在现场不就好了吗？虽然操子有没有帮手尚不清楚，不过我觉得应该没有。即便用大型硬纸板代替手推车，独自一人搬运尸体也是一项很困难的工作吧。既麻烦，风险又大，可她为什么还要特意做这种事呢？"

"我不是说了吗，是因为碍事。要是就那样放着不管，会有很多麻烦——"

"什么麻烦？怎么个麻烦法？"

"比如，要是磨磨蹭蹭的话，丈夫就下班回……啊！可恶。知道了，我知道啦！杀人现场应该就是'洞口之友'，至少这种可能性很高。所以操子才必须赶在盛田先生回家之前，把朔美的尸体处理掉。"

"恐怕操子是在盛田先生深夜回家前，把朔美的尸体卷起来搬出家门，运到了车上。然后趁盛田先生还在睡觉的时候，偷偷开着车，把尸体遗弃到了常与神社。大致步骤应该就是如此。"

"但是……由于她们不知道彼此的身份，所以操子才遗弃了朔美的尸体——这到底是什么道理？"

"严格来说，是把尸体遗弃在了常与神社。"

"啊？"

"为什么操子要把尸体遗弃到常与神社呢？"

"没什么特别的原因。其实扔到哪里都无所谓吧，只要是没什么人的地方？"

"说得没错，然而操子立即选择了常与神社。在这个选择中，其实蕴涵着重要的意义。"

"什么意义？"

"正如刚才学长所说，操子杀害朔美应该是出于偶然，也就是突发性犯罪。所以虽然并非她所愿，犯罪现场却在'洞口之友'的三〇三号。当然，凶手不能把尸体就那么放着不管，必须要扔到别的地方。那么在这种情况下，对凶手来说，最合适的弃尸场所是什么地方呢？"

"如果可能的话，当然是……"祐辅迅速把烤金枪鱼扔进了嘴里，"最佳的选择，应该是被害者，也就是朔美的住所或周边地区吧？"

"没错。然而操子最终选择了常与神社，为什么呢？"

"为什么啊？"

"因为操子不知道朔美住在哪里。"

半张着嘴的祐辅手中的筷子仍停在空中,整个人僵住了。

"这是这起案件最大的关键点。操子和朔美双方,都不知道自己在和什么人合作。"

"那、那是……怎么做到的?"

"既然不知道彼此的身份,自然也不可能知道对方的住址。操子大概是在看新闻报道时,才第一次知道了芳谷朔美这个名字。"

"等等,匠仔,先别急,再详细解释一下,那两个不知道彼此身份的人,到底是怎么合作的?是怎么定下交换杀人的契约的?"

"这里,联系两人的唯一联结点终于要登场了,那就是常与神社。更确切地说,是'吊天狗'。"

千帆、由起子和小池先生三人都放下了各自手中的筷子或酒杯,愣了一瞬,随即又接着吃吃喝喝,同时倾听千晓的说明。

"究竟是哪一方先提起交换杀人这一提议的,只有向她们本人确认才知道。方便起见,我就先假设是朔美,方便继续说下去。"

千晓用啤酒润了润喉,歇了一口气。

"朔美对以怀孕为要挟、试图把她的未婚夫逼入绝境的鲤登明里十分憎恨。被当作人物原型写进一部如同情色小说般的私小说,恐怕也使朔美的自尊心受到了极大的伤害。但尽管杀意日益累积,她却没有做出轻率的举动。就在这时,她听到了'吊天狗'的传言。"

"然后她就去常与神社一探究竟了?"

"我不知道朔美是否相信丑时参拜的效果,也许她对此漠不关心,觉得只靠锤进一根钉子,不可能起到任何效果。然而,或许是因为对鲤登明里的憎恶之情已高涨到了极点,总之她去了那里,并且发现除了自己之外,还有一个认真进行'吊天狗'参拜的人。那就是盛田操子。"

"但是应该还有很多参拜'吊天狗'的人啊。那么多人,她为什么独独看中了操子呢?"

"具体情况只能靠想象,应该是操子留下了某种特殊的、有规律的痕迹吧。也就是能够明确地表明她不只参拜了一次,而是反复来过了好几次的痕迹。"

"所以才给朔美留下了印象啊。既然能发现这一点,说明朔美本人也去了很多次吧?"

"当然了。发现这个人也十分认真的朔美,开始尝试与对方接触。"

"用什么方式?"

"这也只是我的想象,恐怕是通过在用于参拜的施咒物品上做了某种记号,将联络方式告诉了对方。当然是以隐瞒彼此的身份为前提。"

"早在那时,她就已经打算实施交换杀人的计划了吧?"

"嗯。实施计划的过程中双方一直对自己的身份保密,这才是最聪明的做法。明明是共犯,彼此却没有联结点,也没有利害关系,在此基础上确保两人的不在场证明,这是交换杀人中最关键的一点,也是最大的好处。如此这般,两人便隐藏起自己的真实面貌,开始与对方联系。"

"怎么联系?唉,我也真是够烦人的,这也只能靠想象了啊。"

"是啊。比如把树上的窟窿当作邮箱,交替着把留言放进去之类的。"

"啊,原来如此。"

"在把想要杀害的对象的身份,以及自己能够制造不在场证明的日期等信息通过留言告知对方的过程中,两人的计划渐渐成形。"

"我大概知道你的想法了……但是……"祐辅揉了揉眉头,"但是这种事,真的办得到吗?两个人既不知道名字,又没见过,和这样的对象一起实施交换杀人计划什么的。不会当成半开玩笑定下的约定吗,到了那一刻,真的会实施吗?"

"也许她们两个人真的非常认真,到了一个程度,也可能是她们在交换留言的过程中被常与神社散发的妖气所感染……"

"总之,第一步是朔美去杀害盛田先生。但她搞错了人,把曾洋害死了。"

"这突如其来的事态应该也让操子很头疼,不过她们想必也提前定好了出现紧急事态时的沟通方式。朔美留言,告诉操子她将推后实施杀害盛田先生的第二次计划,并将鲤登明里拜托给操子解决,随后便和未婚夫前往欧洲做婚前旅行了。"

"然后在那段时间里,操子杀害了鲤登明里,并为了保险起见又杀了一个人。"

"操子最需要警惕的,是被已经失败过一次的朔美中途拆台。所以她想通过多杀一人,也就是杀害明濑,使双方手下的牺牲者人数达到平衡,同时暗示自己的意志。"

"意志吗……类似'如果你背叛了我,我可不知道会做出什么事'之类的?"

"应该是。而实际上,朔美也确实深深地领会到了操子发出的讯息中暗藏的威胁,从而暗自改变了方针。如果无论如何都要再杀一人,与其杀害盛田,不如把操子杀了,这样对她来说更有好处。"

祐辅困惑地"嗯"了一声,又仿佛立刻明白了过来,不断点着头,连动筷子都忘记了。

"碍事的鲤登明里已经被除掉,自己没必要非杀盛田不可了。而只要把操子灭口，交换杀人的计划就会被埋藏于黑暗之中，她就能逃脱到安全地带了。当然，这时候朔美还不知道与自己合谋的是一个名叫盛田操子的女人，只知道是一个想把盛田先生杀掉的人。"

"对哦，与操子不知道朔美的名字和住址一样，朔美应该也不知道操子的身份啊。"

"是通过那个被用来当作邮箱的树洞。朔美再次在那里放下留言，说是要商量杀害盛田先生的计划——想必她们之前便已做了约定。然后朔美躲在暗处，偷偷看到了前来确认留言的操子的模样。"

"虽然去常与神社参拜'吊天狗'的人很多，但会使用树上的窟窿的，就只有自己的同伴。朔美是用这种方法分辨的吧？"

"应该是。发现了取出留言的人之后，她就尾随在对方身后。一直尾随着操子来到洞口町的朔美——"

"闯进屋里试图杀死操子，却遭到了操子的反击，是吗？"

"这个算是在正当防卫时被自己杀死的女人，实际上就是与自己暗中合作交换杀人计划的同伴——不知道操子当时有没有意识到这一点。不管怎样，到最后她应该领悟到了这个事实。"

"因为她把尸体遗弃到了常与神社。"

"是的。对操子来说，倒在眼前的尸体与自己的联结点就只有'吊天狗'。所以她立刻把那里选做了弃尸场所，应该说是想不出其他的地方。"

"凶器到底是什么呢？"

"鉴于操子曾在试图抵抗时下意识地抓到，所以肯定是那时摆放在盛田家的某个东西，但具体是什么，就不知道了。"

"必须找到那个凶器——不过，想必早就被处理掉了吧。"

"如果被害者有出血，可以在室内检测一下鲁米诺反应。问题在于,是否具备对盛田家提出搜查令的材料。唉,这是专家要考虑的事,交给警察去做就好了。"

"但是啊……"放下筷子的由起子害怕地抱紧了自己的身体,"要是匠仔的猜想是正确的,那么芳谷朔美就是在不知情的情况下,一直被鲤登明里操控着啊。包括让朔美教唆盛田操子将她自己杀死,以及'吊天狗'在内,所有的一切。"

"这么说可不对,小兔。"

冷淡地加以否定的是千帆。

"为什么?"

"如果鲤登明里真的想让一切都依照自己的剧本进行,那么杀掉她的如果不是芳谷朔美本人,就没有意义了。我是这样认为的。"

"是这样吗?"

"你想想看啊。明里一定是想在被朔美杀害的瞬间,抱着'你看,果然在依照我的剧本行动,笨女人,连被我操纵了都不知道'的想法,一边保持精神上的优越感,在心里嘲笑朔美,一边死去。这一切应该都包含在明里的愿望之中。但如果是被陌生的女人杀害,这一切不就功亏一篑了吗?还是说,她是在完全没有领悟到这一结果是由自己埋下的种子造成的情况下,就那样死去了。"

"这么说来,'吊天狗'的事……"

"那件事会以这种形式与操纵朔美的计划联系在一起,恐怕她连做梦都没有想到。也许鲤登明里现在正在后悔自己做了多余的事。当然,前提是她知道了朔美她们的计划。"

后记

本书是以匠千晓、高濑千帆、羽迫由起子、边见祐辅这四名学生为中心的本格推理系列长篇作品中的第六部作品。

长篇作品列表如下：

① 《她死去的那一晚》（幻冬舍文库／解说・千街晶之）
② 《啤酒之家的冒险》（讲谈社文库／解说・恩田陆）
③ 《羔羊们的平安夜》（幻冬舍文库／解说・户川安宣）
④ 《苏格兰游戏》（幻冬舍文库／解说・市川尚吾）
⑤ 《依存》（幻冬舍文库／解说・川出正树）
⑥ 《替身》（本书）

另外，①、③、④的角川文库版现在也可以买到（应该可以）。

① 《她死去的那一晚》（角川文库／解说・法月纶太郎）
③ 《羔羊们的平安夜》（角川文库／解说・光原百合）
④ 《苏格兰游戏》（角川文库／解说・大地洋子）

虽然内容完全相同，但若将卷末的解说对比着来看，应该也是一种乐趣。

本系列的短篇集列表如下。

⑦《解体诸因》（讲谈社文库／解说·鹰城宏）
⑧《谜亭论处》（祥传社文库／解说·图子慧）
⑨《黑贵妇》（幻冬舍文库／解说·太田忠司）

依照户川安宣先生在幻冬舍文库版《羔羊们的平安夜》的解说《安槻大学四重奏·编年史》中编写的分析草案，那部作品的时代设定被推定为一九八九年。照此来看，本作《替身》应是一九九〇年发生的事，在执笔时，我也有意识地以此为前提进行了创作。已经阅读完毕的读者想必发现了，在这部作品的世界中还没有出现手机和电脑，取而代之的是传呼机和文字处理机。

但如果明确地标出这是一九九〇年发生的事，则会与其他系列短篇产生一些矛盾，所以如果诸位读者能够抱有"大概是那个时代"的印象，笔者就感激不尽了。

自从一九九五年一月以《解体诸因》（讲谈社 novels，之后在讲谈社文库也有出版）作为职业作家出道，很快已经到了第十五个年头。通过本作《替身》，我的作品正好迎来了第五十本（不包含同一作品的新书版、文库版）这一关键节点。

虽然本作作为推理小说，解决的是独立的案件。但在与几个固定角色相关的情节上，却带有浓重的同系列作品《依存》的后续之作的色彩。所以，如果可能，希望读者在阅读本作之前能够先阅读长篇作品⑤《依存》。如果允许我再任性地提出一个不情之请，与在这部作品中出现的"R高原"相关的长篇作品②，以及佐伯刑警和七濑刑警初次登场的长篇作品③，也希望各位读者能够有机会提前过目。

对以本书初次接触本系列作品的诸位读者来说，或许有很多照顾不周之处。但我衷心祝愿各位在阅读本书时，能够得到哪怕只有一点的乐趣。

前作《依存》是二〇〇〇年发表的作品，那之后有一段很长的空白期，我谨在此对耐心等待的各位读者，以及幻冬舍的志仪保博先生致以深深的感谢。

二〇〇九年五月 于高知市

西泽保彦

注：后记中提到的作品，目前新星出版社已出版《她死去的那一晚》、《啤酒之家的冒险》、《羔羊们的平安夜》、《苏格兰游戏》、《依存》、《解体诸因》、《黑贵妇》。

MIGAWARI by Yasuhiko Nishizawa
Copyright © Yasuhiko Nishizawa 2012
All rights reserved.
Original Japanese edition published by Gentosha Publishing Inc.

This Simplified Chinese edition is published by arrangement with
Gentosha Publishing Inc., Tokyo through East West Culture & Media Co., Ltd., Tokyo

图书在版编目（CIP）数据

替身／（日）西泽保彦著；金静和译．——2版．——北京：新星出版社，2022.12
ISBN 978-7-5133-4998-7

Ⅰ．①替… Ⅱ．①西… ②金… Ⅲ．①侦探小说-日本-现代 Ⅳ．①I313.45

中国版本图书馆CIP数据核字（2022）第164829号

替身

[日]西泽保彦 著；金静和 译

责任编辑：王　萌
责任印制：李珊珊
封面设计：冷暖儿

出版发行：新星出版社
出 版 人：马汝军
社　　址：北京市西城区车公庄大街丙3号楼　　100044
网　　址：www.newstarpress.com
电　　话：010-88310888
传　　真：010-65270449
法律顾问：北京市岳成律师事务所

读者服务：010-88310811　　service@newstarpress.com
邮购地址：北京市西城区车公庄大街丙3号楼　　100044

印　　刷：北京美图印务有限公司
开　　本：910mm×1230mm　　1/32
印　　张：8
字　　数：131千字
版　　次：2022年12月第二版　　2022年12月第一次印刷
书　　号：ISBN 978-7-5133-4998-7
定　　价：48.00元

版权专有，侵权必究；如有质量问题，请与印刷厂联系调换。